Sur l'autrice

Gabriela Cabezón Cámara est née à Buenos Aires en 1968. Elle a publié plusieurs romans, dont *Pleines de grâce* en 2009 et *Les Aventures de China Iron* en 2017 (finaliste du Booker Prize), tous deux parus en France aux Éditions de l'Ogre. Elle est l'une des instigatrices du mouvement NiUnaMenos et participe activement aux luttes féministes argentines de ces dernières années. Elle collabore à plusieurs journaux, dont le supplément « SOY » du journal *Página 12* qui traite de questions LGBTQI.

GABRIELA CABEZÓN CÁMARA

PLEINES DE GRÂCE

Traduit de l'espagnol (Argentine)
par Guillaume Contré

10/18

ÉDITIONS DE L'OGRE

Titre original :
La Virgen cabeza

ISBN 978-2-264-07901-5
Dépôt légal : août 2021

Pour Ana, mon amour
Pour Karine, Lola, Lautaro et Amparo

I

QÜITY :
« TOUT CE QUI EST NÉ WILL DIE »

Pure matière affolée de hasard, voilà, pensais-je, ce qu'est la vie. C'est là-bas sur l'île que je me suis mise à l'aphorisme, presque à poil, sans une seule de mes affaires, pas même un ordinateur, à peine un peu d'argent et des cartes de crédit que je ne pouvais pas utiliser tant qu'on serait en Argentine. Mes pensées n'étaient que choses pourries, bouts de bois, bouteilles, tas de branchages, préservatifs usagés, morceaux de quai, poupées sans têtes, le reflet de l'amas de déchets que la marée abandonne lorsqu'elle se retire après avoir beaucoup monté. Je me sentais échouée et j'ai cru avoir survécu à un naufrage. Je sais maintenant que personne ne survit à un naufrage. Ceux qui coulent meurent et ceux qui s'en sortent vivent en se noyant.

On a passé l'hiver entier là-bas, plongées dans la brume des îles du Paraná, tandis que le fleuve allait et venait. On parlait peu. Moi, la douleur m'a fait me fondre avec les choses et m'a coupée de tout. Je flottais, étrangère à ce qui me soutenait : les arômes de la cuisine et la chaleur du poêle, les affaires de Cleopatra, qui a exercé tous ses talents à l'ombre de la tête de la Vierge et en dépit de ma stupeur face à l'indifférence de la vie et de la mort, de la matière qui gaspille mondes et frêles créatures dans ses propres aventures. Je suis restée repliée sur moi-même en position fœtale, pareille à celle qui se faisait en moi et malgré moi : mon ventre était vivant de cette enfant qui y grandissait, mais moi je n'étais qu'un cimetière de morts chéris. J'avais l'impression d'être une pierre, un accident, un état de la matière, une roche consciente qu'elle sera fondue, solidifiée et transformée en autre chose et j'avais mal de me savoir ainsi. Je n'ai pas étudié le sujet, mais sans doute n'existe-t-il pas une seule roche identique à une autre. Ou si, mais qui, bordel, pourrait comparer toutes les pierres de tous les temps ? Et je ne vois pas en quoi cela atténuerait la douleur de cette roche de savoir que peut-être, une fois, il y en a eu une autre identique dans la démesure du temps – ce qui n'est pas vrai, ce qui l'est, c'est l'avènement de la matière, l'inquiétude fondamentale des éléments. Qu'il y ait eu ou qu'il n'y ait pas eu un autre accident semblable à moi-même ou à Kevin, c'était et c'est toujours quelque chose dont je me contrefous, qui donc a décrété que l'unicité est preuve de résurrection ? Je ne vois pas pourquoi il faudrait penser la nature selon un critère fordiste : « Ce n'est pas une chaîne de montage, les produits ne sont pas tous identiques, et puis il y a Dieu » ; « Il n'y a pas de Dieu », ai-je parfois dit à Cleopatra, les rares fois où je lui ai parlé, quand elle me sortait l'analgésique imaginaire de sa psyché exubérante : des petits contes pleins d'un Kevin au paradis des PlayStation avec écran géant ; « Tu te rends compte, Qüity, l'écran c'est le monde, mon amour », et la Vierge Marie c'est la maman, et Dieu le grand-père. Parce que les complexités filiales de la sainte Trinité, Cleo les avait, et les a, plus ou moins résolues ; selon ce qu'elle raconte, Dieu serait le papa de la Vierge. « Et de Jésus aussi, Cleo ? lui demandais-je alors. Ça ne ressemble pas un peu à un inceste ? Oh ! la la, chérie, tu dis un insecte comme le Carlos qui se tapait sa fille et l'a mise en cloque, le fils de pute, alors on lui a donné la branlée de sa vie sauf que la morveuse était archi-baisée et enceinte jusqu'au cou tout pareil ? Oui, Cleo, un inceste, ou comme tu le dis, toi : c'était un cafard. Qüity, manquerait plus que Dieu soit pareil à ce Paraguayen de merde, arrête de te foutre de moi. Jésus, c'est le fils de la Vierge toute seule. » Ferme dans ses certitudes théologiques et dans sa capacité à concevoir les liens parentaux, elle poursuivait sa part d'un dialogue qu'on a répété presque chaque jour passé sur l'île : « C'est l'amour qui me porte, Qüity, pour que toi aussi tu saches où est Kevin, idiote, parce qu'il est au ciel, il est content. Oui, Cleo, et il mange des biscuits fourrés à l'ambroisie, c'est ça ? »

La mort me faisait mal, la sienne et la mienne et celle de ma fille qui n'était pas encore vivante au sens strict, qui n'était pas née je veux dire, tout me faisait mal : lorsque la conscience s'ouvre à la mort ou la mort à la conscience, quelque chose est comme englouti au centre de l'être, il se fissure d'un néant qui lacère davantage que la torture, au sens où il angoisse, asphyxie, obsède et on ne peut que désirer qu'il cesse.

Moi, je rêvais des morts, de tous ceux qui étaient

morts et enterrés les uns par-dessus les autres à travers les siècles et les millénaires jusqu'à faire partie de la croûte terrestre. Mais ce qui me torturait le plus, c'était de rêver de mes morts devenant rapidement terre dans le cimetière de Boulogne[1] grâce au contreplaqué de leurs cercueils bon marché. Kevin, Jonás, la Jessica, tous devenaient pour moi sol, humus, pampa humide, engrais des œillets et géraniums qui ornaient leurs misérables tombes.

Des milliers d'années plus tard, alors que du monde d'Homère ne restaient que quelques pierres et colonnes de merde entassées pour le plaisir des touristes et des archéologues, je rêvais et voyais Kevin avec le même désespoir qu'Ulysse sa mère : il est toujours aussi impossible d'embrasser les morts, seulement faits d'une mémoire qui meurt elle aussi.

Je rêvais de Kevin. Il apparaissait à n'importe quel moment de n'importe quel rêve et ce n'était jamais étonnant : j'étais chez moi et je le trouvais, toujours le matin et toujours dans la cuisine. J'avais vu sur les images filmées ce petit corps malmené par la mort, le sang qui coulait de sa tête jusqu'au dessèchement de Kevin, puis jusqu'à ce que le sang sèche à son tour. Je le trouvais donc au matin dans la cuisine et cela ne me surprenait pas : je l'attendais et personne n'est vraiment surpris quand, contre toute attente, arrive ce qu'il espère. Presque naturellement, je lui préparais son lait et choisissais ses

1. Localité de la banlieue de Buenos Aires, en référence à Boulogne-sur-Mer, où le général José de San Martin est mort en exil. (*Toutes les notes sont du traducteur.*)

biscuits préférés : ceux fourrés en forme d'animaux, je mettais de côté tous les éléphants rouges pour lui, Kevin, mon p'tit, pensais-je.

Sa mort avait fini par illuminer ma maternité, elle m'avait faite mère de cet enfant qui me racontait dans la cuisine de mes rêves ce qui s'était passé durant ces jours où l'on ne s'était pas vus. Et il ne s'était rien passé, il me racontait la *villa miseria*[1] sans moi, comme si ce qui avait cessé d'être n'était pas lui ou le bidonville, mais moi. Je veux dire : comme s'ils n'étaient pas tous, lui également, morts et la *villa* rasée par les bulldozers, convertie en fondations de futurs projets immobiliers et lui, Kevin, mon garçon, converti en un petit tas d'os et de vers s'agitant dans les entrailles d'une terre voisine, à deux pas, au cimetière de Boulogne.

À ce moment-là, lorsque Kevin essayait de prendre la tasse, le rêve éclatait en morceaux et me blessait, la douleur m'achevait : il ne pouvait ni boire le lait ni manger les biscuits qui continuaient pourtant de faire briller ses petits yeux noirs comme s'il en avait eu encore, comme si ces boules avaient encore été vives de sa vie à lui. Peu de temps s'était écoulé, mais les yeux, je crois, font partie de ce qui se décompose le plus rapidement dans les corps lorsqu'ils cessent d'être corps et se transforment en autre chose, aussi inexorablement et aveuglément qu'une roche se transforme en lave, un paquet de lave en île, et l'île en un tas de morceaux de pierre. Il voulait la prendre et ne pouvait pas : sa petite main traversait la tasse qui, à ce stade du rêve,

1. *Villa miseria*, le plus souvent raccourci en *villa* tout court, est le nom que l'on donne en Argentine aux bidonvilles.

avait toute la solidité des choses de ce monde et ne se laissait pas attraper par des fantômes. Là, mourait de nouveau pour moi le mort qui me mortifiait le plus : rien d'autre ne m'importait, je cessais presque de sentir lorsque j'essayais de l'asseoir sur mes genoux pour lui donner du lait et que je ne pouvais pas. Et pourtant, quelque chose palpitait sur ma jupe et c'était tellement impossible que cela palpite et ne vive pas que je ne pouvais cesser d'essayer de l'embrasser, comme si cette impossibilité était une erreur de procédure. J'essayais mille fois sans rien attraper d'autre que l'air, je finissais plus d'une fois par m'embrasser moi-même, seule, avec pour unique compagnie le battement d'un cœur qui n'était pas le mien. Je me réveillais en pleurant, presque étouffée et c'était vrai : Kevin n'était plus, il était archi-mort, devenant terreau de cimetière, et qui sait, pensais-je, avec le temps, les racines et la photosynthèse, il deviendrait également air, eau, orage. Des conneries, il pourrait tout aussi bien être une salade ou des lombrics pour la pêche aux poissons-chats et il n'était sûrement rien, à peine ce dont je pouvais me souvenir.

Ce qui palpitait, c'était ma petite fille, et je me tenais le ventre avec les mains pour l'embrasser. Souvent, je me rendormais et rêvais d'elle, ma fille qui naissait et était un bébé aussi fragile que tous les bébés, aussi frappé de mort que n'importe qui, une petite aventure de la matière comme n'importe quelle chose. Mais mon enfant se transformait en petite tortue ; je pouvais l'emporter dans ma poche et si elle tombait il ne lui arrivait rien, elle se contentait de rentrer ses pattes et sa tête dans la carapace et restait le ventre en l'air en se balançant sur la courbe de son dos aux allures minérales jusqu'à ce que je la soulève et la fourre de nouveau dans ma poche.

Cela m'a toujours rassurée d'avoir ce qui compte tout contre mon corps, c'est comme ça que j'ai porté mon revolver pendant des années et c'est comme ça que je continue de porter mon argent et une amulette, tout contre mon corps, et pourtant, même en la portant dans mon corps, je ne me sentais pas rassurée concernant María Cleopatra, j'avais peur qu'elle ne naisse morte, un petit corps devenant autre chose, pas même du terreau, un caillot de moi, et ce n'est que lorsque je la sentais bouger que je retrouvais un peu de paix, un peu de sens, un quelconque ordre supportable dans l'univers.

Mais de nouveau, fatalement, je m'endormais, je n'ai jamais su si c'était la grossesse ou le poids des morts récents qui, sur l'île, me faisait dormir presque toutes les heures tandis que Cleo faisait je ne sais quoi, à peu près tout, j'imagine – elle a été ma mère et mon père pourvoyeur, elle m'a bordée, m'a donné à manger, a trouvé du bois pour le feu, un téléviseur, et ainsi a-t-on vécu et ainsi ai-je survécu durant les moments où j'étais éveillée car la vie, je veux dire cet être de matière que je suis, a également sa persistance, sa volonté de continuer.

Et ainsi ai-je été pendant des mois, dormant, regardant à la fenêtre ou écoutant les bruits du delta. J'ai entendu ce que je n'avais jamais entendu : la boue s'amoncelant parmi les joncs, les graines éclatant en racines, la tension des arbres retenant les bords de l'île. Et l'eau, les bruits profonds des crues et les bruits plats des décrues. Et j'ai entendu ce que je n'ai pas pu entendre, le corps de Kevin éclatant en bulles pourries dans la lutte de l'eau pour retourner à l'eau et abandonner la poussière à la poussière.

II

QÜITY : « C'ÉTAIT LA VIE NOUVELLE »

C'était la vie nouvelle
Dans le dream américain
Pour chanter sans fin
À Floride la belle.

Ça a duré un bon moment, mais la brume a également fini par cesser. Ma petite m'a réveillée, mienne ce matin-là comme jamais auparavant et comme de rares fois ensuite, battant des pieds à l'intérieur de moi, possédée par l'allégresse. J'ai commencé à flotter moi aussi dans une atmosphère tendre et lumineuse : les seules ombres, légères et inquiètes, étaient celles du saule que le vent peignait entre ma fenêtre et le fleuve.

« Bonjour, Qüity, mon amour. » Cleo approchait. Belle et pipelette comme elle est, elle n'apparaît jamais simplement : on commence par l'entendre. Tout entière foyer, maté et croissants, je l'ai entendue, je l'ai sentie et, finalement, je l'ai vue. Elle s'est jetée sur mon lit et, avec sa langue bien pendue, m'a embrassée si longuement que son maquillage a coulé, un de ses cils est tombé et sa coiffure à la Doris Day s'est affaissée. « La Belle au bois dormant s'est réveillée ! » Elle s'est mise à rire et ses dents ont brillé ; elle n'est que pure joie blanche et radieuse et tantouse et dévote et amoureuse et elle a toujours l'air d'être entre deux boléros de fiancée en chemin vers l'autel. « Allons, ma lumière, mon amante, mon épouse, allons manger toutes les trois au Fondeadero, parce que j'ai dégotté un bateau et il faut qu'on parle un moment toi et moi. Tu vas voir, ça va être une journée inoubliable, aujourd'hui. »

En chemin, à la lumière du soleil qui dupliquait le fleuve, j'étais tiraillée par les mains froides de mes morts, leurs phalanges écorchées et la douleur que je ne pouvais cesser d'imaginer, l'agonie solitaire d'un gamin de cinq ans. Je me suis sentie traîtresse et j'ai commis la faute de ceux qui survivent : j'ai continué à vivre. Mais je n'ai pas lâché la main du petit mort. Je lui ai promis la vengeance avec la certitude que je le maintiendrais en vie tant que j'affûterais mes armes. J'ai eu une double grossesse : une enfant vivante, sans visage et sans voix encore, qui grandissait, et un enfant mort, avec une voix et un visage qui, inexorablement, se dissolvaient dans le néant.

Ce jour-là, je me suis laissé porter par la joie d'être en vie. Notre petite fille faisait des pirouettes en moi comme un astronaute dans une capsule antigravitationnelle et j'ai cru que c'était sa façon de voter en faveur de la vie, en faveur des couleurs vertes de la flore originelle sur la rive d'en face et des couleurs rouges et ocre des arbres importés de ce côté du canal Honda. Et en faveur du fleuve : « J'étais un fleuve au crépuscule, / en moi soupiraient les arbres, / en moi le sentier et les herbes s'éteignaient. / Un fleuve me traversait, un fleuve me traversait ! » J'ai récité à Cleopatra ces vers de Juan L. Ortiz et elle n'a pas été en reste : « C'est magnifique, Qüity, mais ne commence pas avec tes crépuscules, parce que je ne sais pas si tu t'es rendu compte qu'il n'est même pas midi. Il faut que tu comprennes, mon amour, qu'ils sont au ciel et nous on est sur la terre. Je sais bien que toi, tu n'y crois pas au ciel, et tu as tort parce que c'est la vérité, mais bon, tu ne vas quand même pas nier que nous, on est sur la terre. Et s'il y a un ciel, comme moi je sais qu'il y en a un, tu peux te réjouir. Et si ce n'est pas le cas, encore plus de raisons de se réjouir : profitons de ce moment où on est en vie. Sens-le, Qüity, sens le soleil. Et puis, chérie, on va être mères. » « Et quoi, Cleo ? suis-je parvenue à placer, c'est une raison suffisante pour chier sur toute l'humanité ? » Cleopatra a soupiré : « Oh ! la la, non, Qüity, pas chier, non, mais notre fille a droit au bonheur et nous, avant toute chose, on a le devoir de nous occuper d'elle. Et puis, oui, on a le droit d'être égoïstes comme toutes les mères du monde, même la Vierge le dit : si ça n'avait tenu qu'à elle, Jésus aurait été charpentier et se serait marié avec Marie Madeleine, elle avait beau être un peu pute, c'était quand même mieux que jouer les prophètes et se marier avec une croix. Parce que c'est bien que les enfants vivent, même s'ils ressuscitent quand ils meurent. » « Là, on est d'accord, Cleo », lui ai-je dit en riant, mais le discours de Cleopatra ne s'est pas arrêté là : « La Vierge dit qu'être vivant c'est le top, qu'Achille dans l'Hadès le savait déjà. Quand ce type-là, celui qui a mis dix ans à rentrer chez lui – comment s'appelait-il ? Olysse ? –, lui a dit : “Oh, bonjour, roi des morts”, Achille lui a répondu : “Ne me raconte pas de craques, distingué Olysse : je préférerais être un esclave ou un indigent" – indigent ça veut dire pauvre, Qüity –, "et être vivant, plutôt que régner sur les morts." »

Ma petite aimait déjà les discours de la plus queer de ses mères, elle semblait danser tandis qu'on l'écoutait. Et moi, elle me plongeait dans la perplexité, comment pouvait-elle citer *L'Odyssée* presque mot pour mot ? Impossible qu'elle l'ait lue dans sa putain de vie misérable. D'où, bordel, sortait-elle des trucs comme ça ? La Vierge existait et elle était branchée classiques et putes pauvres ?

« Sens donc, Cleo, comme ta fille bouge. » Cleo a lâché son *empanada* et son ton prophétique et m'a caressé le ventre. « Salut, princesse, je suis ta mère, Cleopatra, celle qui vous donne à manger à toutes les deux, celle qui te coud tes petits vêtements. On va partir d'ici, ma fille. » Cleo est devenue solennelle et la voix de prophète lui est revenue : « On va aller dans un autre pays. Toi, tu vas naître là-bas, c'est un pays avec beaucoup de soleil, de palmiers, une mer verte. Le seul truc qui craint, m'a dit Sainte Marie, Qüity, c'est qu'il est plein de *gusanos*[1]. » « Ah, non, chérie – j'ai pris un ton ferme – tu peux aller dire à ta Vierge que moi, à Cuba, je n'y fous pas les pieds. » « J'ai dit *gusanos*, Qüity. » « Et ils ne sont pas tous de Cuba, ces types-là, ma chérie ? » « Si, mais pour en partir, Qüity, ne sois pas conne. »

C'est alors que je l'ai su et nous y voilà, à Miami, entourées de vers, comme si nous tous qui avions

1. Les Cubains émigrés à Miami sont surnommés *gusanos* (« vers »).

fait partie de la *villa* avions été condamnés d'une façon ou d'une autre à un même destin. Évidemment, nos vers ne sont pas les mêmes que ceux du cimetière de Boulogne : ceux-là sont humains, ils prétendent vivre dans une perpétuelle nostalgie de Cuba, ils sont pleins aux as et travaillent comme des fous. Les autres, la plupart des Cubains de Miami, vivent des subsides du gouvernement en échange du rôle d'illustration vivante de la dimension néfaste des révolutions socialistes et ils ne font que se pochtronner, se droguer et battre leurs femmes. Pourtant, il est habituel de voir au petit matin ces femmes parcourir la 8e Rue à la recherche de leurs hommes dans tous les bouges où ceux-ci s'effondrent comme des arbres abattus : à partir du septième rhum, le reste n'est que coups de hache. Ils commencent par perdre hauteur et équilibre, donnent un coup à quelqu'un, trébuchent, balbutient une insulte, semblent douter un instant, tombent par terre et c'est fini, ils restent là jusqu'à ce que quelqu'un les soulève. C'est ainsi, d'un bouge à l'autre, qu'Helena était allée, jusqu'à ce que meure le Petit Taureau, même si le Petit Taureau n'était pas un ver et ne frappait pas Helena. Ils ont été, eux, les seuls des nôtres à avoir fait le même trajet que Cleo et moi : bidonville-massacre-Miami.

Les vers suivent Cleo partout, elle et la tête de la Vierge, ce pauvre hommage de pauvres qu'on qualifie maintenant de relique, ce morceau de ciment peint qui a également survécu au massacre et que Cleo a trimballé à travers toute l'Amérique et toute l'échelle sociale, jusqu'à parvenir au nord et à la propriété de nombreux comptes bancaires.

Mais le chemin a été long. Ce matin simple et

lumineux où, désormais, il n'y avait plus que nous trois, on est allées manger au Fondeadero habillées comme on a pu : Cleo avec les vêtements de la maîtresse de maison, la diva de la télé qui l'avait parrainée quand elle était petite et lui avait donné les clés pour qu'elle se serve de sa résidence à Tigre quand elle le voudrait. Moi, j'ai mis des vêtements d'homme, allez savoir de qui, mais c'était la seule chose à ma taille à ce niveau de grossesse, qui n'était pas énorme mais déjà remarquable. Le mètre quatre-vingt-dix de Cleo était trop pour tous les chiffons de la reine de la télé, qui plafonnait au mètre soixante, alors ma fiancée s'était faite belle avec des fringues Versace serrées mais véritables, pleines de volants et de motifs léopard, « qui n'en restent pas moins élégantes même si elles sont courtes », selon ce qu'elle a juré très sûre d'elle-même sous sa perruque lisse et blonde qui la fait ressembler à une Doris Day du bâtiment et me rend folle. Ç'a été une fête, ce déjeuner. On a mangé des spaghettis bolognaise sous le regard de l'arrière-arrière-grand-père immigrant à moustaches gominées fondateur du restaurant, ce bistrot du début du siècle passé, prêtes à devenir nous aussi des immigrantes. Le yacht est arrivé ce jour-là. C'est Daniel qui l'avait envoyé, avec visas et passeports. Il nous a conduites à Montevideo. À Miami, on y est allées en avion, comme il se doit. Il avait un peu modifié notre identité ; j'ai fini par être Catalina Sánchez Qüit et Cleo a réalisé l'un de ses rêves les plus inaccessibles : avoir son nom sur des papiers. Depuis lors, enfin et pour toujours, elle s'appelle Cleopatra Lobos. Quand on se dispute, parfois, je lui dis qu'elle trimballe le lupanar jusque dans son nom. Elle, à l'en croire, ne se vexe plus « pour rien ». « Qüity, mon amour, il m'est tout arrivé, plus rien ne peut m'humilier. Et encore moins cette crise de moralisme qui te prend depuis qu'on est à Miami : toi qui m'as trouvée bien excitante en voyant de très près la pute que j'étais, tu ne peux pas me sortir ces conneries maintenant, mon cœur. » On est parties avec un peu de fric, environ dix mille dollars que j'avais économisés et cinq mille que nous a offerts Daniel. Comme aime le réciter Cleo, « l'argent appelle l'argent » et nous voilà, avec plein de dollars, devenues de riches dames de pays développés.

III

CLEO :
« C’EST GRÂCE À LA VIERGE MARIE »

C’est grâce à la Vierge Marie
qu’a changé toute ma life
mes miracles ont commencé
et même à la villa *c’était nice.*

Oh ! la la, Qüity, si tu commençais les histoires par le début, tu comprendrais mieux les choses. Comment ça, c’est quoi le début ? Tendresse de mon cœur, il y a un paquet de débuts parce qu’il y a un paquet d’histoires, mais moi je veux raconter le début de cet amour, car toi, tu t’en souviens mal, Qüity ; d’un côté, tu racontes les choses comme elles se sont passées et de l’autre, je ne sais pas ce que tu fais, mon amour, tu écris n’importe quelle connerie, alors moi aussi je vais la raconter, notre histoire. Je vais te l’enregistrer, ma vie, et toi tu vas la mettre dans ton récit. Attends, attends, voilà Cleopatrita, qu’est-ce que tu fais là, mon amour ? Maman ne t’avait pas dit de rester en bas avec Lily ? C’est ça, mon cœur, descends, parce que maman doit finir un travail, ensuite elle jouera avec toi. Oui, c'est ça, je descends et on joue aux Barbie. Pardon, je suis de nouveau à toi, je vais débrancher les téléphones et fermer la porte, comme ça je pourrai raconter en paix.

Non, je ne vais pas pouvoir tout raconter : il y a des choses que je ne sais toujours pas. C'est pas que cela m'importe tant que ça de les savoir, elles ne changeront pas ma vie, mais elles titillent ma curiosité, me rongent un peu, c'est pareil que la faim ou l'envie de baiser, oh ! la la, c'est la curiosité, quoi, je ne comprends pas ce que tu ne comprends pas là-dedans. Ce qui a conduit Ève à la pomme ? Ma main à couper que là, oui, tu es intriguée ! Qu'est-ce que j'en sais, moi, de ce qui a conduit Ève à la pomme, mon amour. Elles sont rouges, elles sentent bon, ça lui aura donné envie d'y mordre. Je n'ai pas non plus l'impression qu'il faille trop expliquer : n'importe qui sauf toi, Qüity, qui es à moitié extraterrestre, peut comprendre la curiosité. Et ne sois pas idiote : ne m'envoie pas demander à la Vierge parce que je t'ai déjà expliqué cinq cents fois que la Vierge n'aime pas qu'on lui demande n'importe quoi, elle prend un air blasé, elle se tait et pas même Dieu ne lui arracherait un mot. Bon, je ne suis pas sûre que Dieu ne pourrait pas la faire parler. Le truc, c'est qu'elle tire un peu la tronche si je lui pose trop de questions. Non, je ne sais pas pourquoi, peut-être que nous, ses médiums, on l'épuise ; comme on est toutes des gonzesses, on doit être un peu ragoteuses. Les minets le sont aussi ? Oui, je sais. Bon, moi aussi je dois être macho, Qüity, même si j'ai renoncé à être un mec à t'en croire, toi qui n'es pas curieuse d'une part parce que tu te contrefiches de tout et d'autre part parce que tu attrapes et t'inventes les histoires qui t'arrangent. La vérité, c'est que je n'ai jamais été un mec, ma chérie.

Mais aujourd'hui je ne veux pas parler de ça, je veux parler du début et que j'aie été un mec ou pas, c'est le début de rien du tout, il me semble. Ce jour-là, je vous ai bien vus, tous les deux, dans la *villa*. Il était très tôt et vous êtes arrivés frais et dispos, prêts pour un pique-nique, toi tu étais même en tennis et pantalon d'aventurière, exactement le genre de fringues que tu mets maintenant pour partir en vacances dans la forêt vierge ; tu croyais que la *villa* c'était comme partir en safari, qu'est-ce que j'en sais de ce que tu croyais, faut croire que tu n'avais pas réalisé qu'on s'habille normalement, comme tout le monde, avec des vêtements pour aller travailler, pour aller danser ou pour rester chez soi, pas comme toi qui ramenais ta fraise comme si tu t'apprêtais à chasser l'ours ou à marcher sur des sables mouvants. Daniel avait l'air d'un type sophistiqué, quel étalon c'était, ce Daniel, il m'a plu dès que je l'ai vu, ce jour-là, ses yeux bleus et ses cheveux argentés m'ont flinguée. Bon, Qüity, toi non plus tu n'étais pas vierge et tu sais qu'avant toi les gonzesses ce n'était pas mon truc, c'est bien le maximum si j'avais bouffé une chatte ou deux quand mes clients les plus vicieux payaient pour le spectacle. Mais ce n'est pas de ça que je parle, je parle de Dani. Je me suis dit qu'il était policier car il prenait sans arrêt des photos en cachette pendant le petit-déjeuner, mais en même temps il faisait trop bourge pour être flic et puis il était à côté de toi, j'ai cru que tu faisais partie de la production d'un programme télé, tu ressemblais à une de ces gamines allumées qui ne venaient à la *villa* que pour filmer des documentaires ou acheter de la coke, t'avais l'air à moitié défoncée, je t'ai fichée aussitôt, moi. Et regarde comme on a terminé, ma reine ! Tu te l'étais imaginé, ça, un jour ? Mères de famille avec terrasse sur les Caraïbes et célébrités internationales ! Depuis le miracle de la Vierge au commissariat, j'attendais des merveilles de la vie, moi, mais je n'étais pas folle au point de m'imaginer ici aujourd'hui, mère de ta fille, dans un palace, passant à la télé à longueur de journée. Ça, en revanche, je le savais depuis toute petite : je voulais être une star et passer à la télé, j'irais même jusqu'à te dire que je voulais davantage passer à la télé qu'être une star. Je m'en suis bien tirée ? D'un côté oui, d'un côté non. J'y passe, à la télé, mais je ne suis pas une star, je serais plutôt à moitié nonne même si j'ai l'air d'une pute comme tu le prétends ; je sais que je suis célèbre parce que je parle avec la Vierge et pas à cause de mes seins, alors que j'en ai et plutôt des gros. Pour une hétéro, on peut dire que tu as accroché comme une folle, tu n'arrêtais plus, et avec ces tétons de jument qui te plaisent tant et qui nous ont coûté si cher dans leur version Miami, tu m'as fait me sentir la louve de Romulus et Remus.

Qüity, mon amour, je me rends bien compte que je passe à la télé à cause de la Vierge et à cause des morts et à cause de toi qui as écrit presque tout le livret de l'opéra cumbia qui m'a lancée au firmament de la célébrité *latina* mondiale. Et maintenant, tu fais ce livre et moi je m'imagine que tu vas le vendre à Hollywood et que le gamin pédé et salvadorien de Madonna va jouer mon rôle. Non, la Vierge ne dit rien. Tu penses bien que pour elle, qui est une star depuis deux mille ans, la célébrité périssable n'a aucun intérêt, même si elle comprend, je ne sais pas comment, mais faut croire qu'elle a gardé bien gravé dans la mémoire son petit cœur de mortelle, alors elle continue de comprendre, que tu y croies ou pas. Ça doit faire deux mille ans qu'elle est morte et elle se souvient encore ! Oh ! la la, deux mille ans d'immortalité, je voulais dire. Tes dieux grecs, ils comprennent aussi. Et non, Qüity, ce n'est pas si étrange qu'ils comprennent, puisque c'est eux qui nous ont faits, ou qu'ils ont été faits par les mêmes qui nous ont faits, nous. Oh ! la la ! Comme tu es, je ne sais pas pourquoi je t'aime, moi ; tu ne me laisses pas une minute de paix, comme si je n'étais pas déjà suffisamment occupée avec María Cleopatra, de laquelle tu te fiches complètement, ma vie, bien que tu aies eu le privilège de la porter dans ton ventre. Je sais bien que les lézards ont aussi été faits par Dieu et que toi tu ne les trouves pas compréhensibles, les lézards, alors qu'on a le même père. Moi, je crois que Juancho, je le comprends plutôt bien : depuis que je l'ai changé de bassin et que je lui donne des grenouilles bios et du saumon de Patagonie, il me regarde avec tendresse ; il veut être bien installé, bien manger et être aimé, ça te paraît vraiment si étrange, ma petite gourdasse ? Bien sûr qu'il veut être aimé, même les pierres veulent être aimées. Et je ne dis pas des conneries. Là, c'est mon tour, et je vais continuer à t'enregistrer mes commentaires, Qüity, parce que toi tu écris tout et je veux raconter aussi ma vérité. Je sais bien que tu n'as jamais dit que j'étais idiote mais dans ton livre on dirait que si, alors tu vas mettre ce que je suis en train de te dire, mon aimée, et sinon, tu m'enlèves du livre. Ou c'est moi qui vais le mettre, parce que j'ai le droit de me faire entendre.

Ce matin-là, donc, je me suis dit qu'il ressemblait à un flic bourge, mais comme tu étais là aussi, j'ai cru que vous étiez de la télé ou un truc du genre et que vous deviez faire un documentaire secrètement, qu'est-ce que j'en sais pourquoi secrètement, je n'y ai pas tant réfléchi, de toute façon ça ne me préoccupait pas beaucoup car je savais qu'à la télé j'allais y passer de toutes les façons, ça la Vierge me l'avait dit, et ce matin-là j'en ai été sûre quand la Sainte Mère s'est évaporée à cause des hurlements de Susana, tu te rappelles, oui, je sais que ça tu l'as écrit, mais maintenant c'est moi qui m'en souviens, qu'est-ce que j'en sais, moi, de pourquoi je te le demande si je le sais déjà, Qüity, tout n'est pas si simple dans la vie, je parle et je te demande par tendresse, j'imagine, parce que nous partageons des souvenirs, parce que je ne sais plus penser à moi sans te parler à toi. Elle a laissé le fauteuil roulant enterré sur place et elle est partie en criant, Susana, en pataugeant dans la boue comme une gamine avec ses jambes nouvellement guéries, en remerciant du miracle et en jurant qu'elle me ferait une place dans sa nouvelle saison. Moi, les cris ça m'a à moitié énervée : « Pourquoi vous faites un bordel pareil ? La Vierge, elle n'aime pas ça, elle est partie et ne m'a même pas donné un baiser comme elle fait toujours. Elle a juste dit : “Priez, mon enfant, car Dieu vous aidera et moi je m’occuperai de vous” », ou un truc du genre, elle parlait davantage comme une Espagnole que maintenant, la Vierge, tu as remarqué ?

IV

QÜITY : « LA VIERGE PARLAIT COMME UNE ESPAGNOLE MÉDIÉVALE »

La Vierge parlait comme une Espagnole médiévale et la journée commençait avec la première cumbia. Chacun articulait ce qu'il voulait dire dans sa propre syntaxe et c'est ainsi que nous avons construit une langue de cumbia pour raconter les histoires de chacun, j'ai entendu des histoires d'amour et de balles, de règlements de comptes et de sexe, cumbia joyeuse, cumbia triste et cumbia enragée toute la journée. Maintenant, je ne veux plus en écouter. C'est la raison de ce salon blanc, de ces fenêtres blindées, de cette température contrôlée. J'écris ce qui s'est passé avant et rien ou presque rien ne varie autour de moi : ma fille grandit bruyamment ailleurs dans la maison et Cleo vieillit et finit par se confondre avec les dames prospères, peroxydées et vulgaires de Miami. Bien que la religieuse ce soit elle, c'est moi qui suis le moine de cette famille ; Cleo vit soumise à ce qui change, avec les fenêtres ouvertes et en criant à tue-tête, comme on vivait alors. On avait installé un système d'intercommunication basé sur des téléphones trafiqués, mais c'était inutile ; l'habitude de crier : « La Rousse s'est fait poser des dents », « v'là les flics pour la collecte », « on dirait que la Jessica a un nouveau fiancé » ou quoi que ce soit d'autre, de cahute en cahute, n'a pas changé d'un iota, ou si elle l'a fait, c'était parce que n'importe qui se pointait chez n'importe qui à n'importe quelle heure. Il suffisait de débarquer avec des pâtisseries, des chips, du saucisson, de la bière et la fête commençait ou se poursuivait. C'était ainsi, depuis son centre même la *villa* irradiait de joie. On aurait pu croire que c'était grâce à la Vierge ou à Cleo, mais c'était nous, c'était la force de nous rassembler.

Je le sais maintenant, mais je ne supporte plus le moindre bruit, je crois que si quelqu'un mettait de la cumbia à fond, je tirerais à vue. Je ne peux me rassembler avec personne, je ne sors presque pas, comme Mrs. Rochester, la folle du grenier, mais en version moderne : la maniaque du bunker, voilà ce que je suis. Curieusement, cet isolement est ce qui marque le mieux mon adaptation à la société américaine. Je fais partie du Bunker's Club, une association de barjos enfermés dans des incubateurs aussi inviolables et impénétrables qu'autonomes. Je pourrais passer deux ans sans sortir d'ici et il y en a qui sont équipés pour rester enfermés dix ou vingt ans, mais j'ai toujours pensé que celui qui s'y enferme dix ans ne ressort plus jamais, comme ce moine de Cusco qui a passé vingt ans fourré dans une grotte à peindre les enfers. Eh oui, que vouliez-vous qu'il peigne pendant vingt ans dans une grotte ? Et quand il est sorti, il l'a fait les pieds devant. Moi, je sors parfois, au soleil. Je vais à la plage avec María Cleopatrita, on fait des bonshommes et des châteaux de sable et elle rit, heureuse d'avoir sa mère rien que pour elle. D'elle aussi je m'éloigne : je pense à l'île pleine de moustiques, humide jusqu'à l'asphyxie, où j'ai dormi pendant une bonne partie de ma grossesse. Je peux penser à l'avant, la *villa*, et à l'après, la fuite, mais je ne peux me rappeler les détails, les dates, les noms, je sais que j'oublie, ma mémoire est comme rouée de coups par ce dont je ne peux me souvenir, mais je me souviens de Kevin, les jambes dans le bassin et le front dans la boue, et de la boue pleine de sang et des carpes sans couleurs flottant à la surface du bassin.

La fuite allait être plus ou moins rapide. On pensait arriver en ramant à Carmelo, en Uruguay, mais finalement on est restées environ trois mois sur l'île. Moi toujours avec Cleo et Cleo toujours avec la tête de la Vierge des gueux, ce morceau de ciment qui, aujourd'hui encore, alors que le succès de notre opéra cumbia nous a permis d'acheter de l'art, occupe le centre du salon. Car le centre du salon de ma maison est un autel. Je ne crois ni à la sainte Trinité ni à sa légitime épouse, mère, sœur et fille adorée, mais je vis avec Cleopatra, mon épouse, mère de ma fille, je l'aime et j'assume cette trinité. Nous avons commencé à fuir en mars et n'avons terminé qu'à la fin juin, presque deux ans après que Daniel et moi avions pris, amusés, le chemin de la *villa*.

On ne savait pas que ce chemin était comme un tournant ou un passage vers une autre dimension, le changement d'écran le plus important de nos vies. De la mienne, du moins, je ne sais pas si

Daniel a pu changer la sienne, il me semble que non. On avait pris un café sur l'autoroute... ça devait être un des premiers jours de novembre : je me rappelle bien la foule de gamins pouilleux aux mains pleines de fleurs blanches. Au cri de « Jasmins ! Jasmins ! Tu ne veux pas des fleurs, ma belle ? Achètes-en quelques-unes à la fille, chef, ça coûte rien », ils se jetaient sur le pare-brise. J'ai voulu, Daniel a aimé le parfum et le gosse est parti avec le rien que ça coûtait et le corps entier : il a eu de la chance, ils étaient souvent écrasés dans leurs lancées, ils salissaient régulièrement de boyaux et de sang l'asphalte, personne ne s'arrêtait et les gamins finissaient estropiés de la même façon que finissaient les chiens sur ces mêmes routes.

C'est donc un des premiers jours de novembre que nous sommes allés à la *villa*, Daniel et moi, ensemble, mais soutenus par quoi ? Quelle était la nature des liens qui nous unissaient ? Ils auront tenu longtemps, pour toujours, en fait : de notre rencontre à sa mort. S'agissait-il de cette foi puérile qu'il avait en ses photos Kirlian ? Il faut savoir que mon aura est bleue et que « le bleu est la couleur des âmes nobles », affirmait Daniel avec une certitude sans faille. Une sorte de foi d'ingénieur, voilà ce qu'il avait ; il avait besoin de l'optique et de toute la sophistication électronique de son appareil photo Kirlian pour croire en une existence, celle du bien, et en une couleur absolue, le bleu. Il y avait du bien en moi, selon Daniel. Une telle certitude, n'est-ce pas un pont suffisant ?

Mais tout n'était pas qu'aura entre lui et moi. Notre relation avait commencé comme une relation de travail : j'étais journaliste dans les pages faits divers d'un grand journal et lui était fonctionnaire de la SIDE, les services de renseignement. On s'était rencontrés lorsqu'on m'avait envoyée couvrir une affaire horrible, l'assassinat d'une adolescente pauvre dans une fête d'adolescents riches. « L'homicide, disait Daniel, qui ne craignait pas toujours les lieux communs, est parfois un mal nécessaire. » Mais avoir bourré une gamine de coke pour la bourrer ensuite de sperme et la vider de son sang en la lacérant comme si « une horde de tigres s'était tapé une biche tout en en faisant son petit-déjeuner », jusqu'à ce qu'elle soit quasiment morte, et l'avoir enterrée alors qu'elle était quasiment vivante ne lui semblait pas relever du règne de la nécessité. Et puis – ça, c'est moi qui l'ai pensé – les riches étaient riches mais pas jusqu'à l'impunité ; « D'ailleurs, on n'est pas à Ciudad Juárez », a expliqué Daniel. Son indignation paraissait sincère : « Ils n'avaient pas de raisons de faire un truc pareil. Ce n'était pas nécessaire : ces petits fils de putes se sont payé le luxe, ou pire, la luxure, ou pire encore, le vice de tuer pour jouir », a affirmé, sentencieux, cet homme stoïque qui croyait à l'assassinat sans plaisir, lors de ce café qui inaugurait la centaine qu'on allait se prendre. Ce ne sont pas seulement ses photos Kirlian qui nous ont unis : lui aussi avait fait des études de lettres et lui aussi les avait abandonnées. Dans son cas, en faveur de la SIDE, « en me trompant de chemin : j'ai fait de ma vie un roman d'espionnage triste et ennuyeux alors que j'aurais voulu en écrire un passionnant », m'a-t-il dit ce soir-là au bar, deux ou trois ans avant le matin de novembre qui a été, oui, le premier de ce qu'aujourd'hui je crois être le reste de ma vie et dont j'ai alors cru qu'il serait d'une certaine manière un retour à la littérature. Moi aussi j'avais voulu être écrivaine et j'avais fait des études de lettres classiques, mais j'avais abandonné mes ambitions artistiques et le grec pour le journal et la bonne cocaïne que me garantissait un contact fluide avec la police. La seule chose que je faisais, c'était travailler et sniffer de la coke et mes sources, mes policiers, dealers, voleurs, juges, avocats et procureurs étaient devenus mes amis, mes amants, ma famille. C'était ça, ma vie.

Lorsque Daniel m'a un peu raconté l'histoire de Cleopatra, j'ai cru avoir trouvé le sujet de livre qui me permettrait de postuler aux cent mille dollars qu'offrait la Fondation pour le nouveau journalisme pour financer les textes de non-fiction qui l'intéressaient. Et une travestie qui organisait une *villa* grâce à sa communication avec la mère céleste, une enfant de Lourdes suceuse de bites, une sainte pute avec verge, ça ne pouvait que les intéresser. Et moi je pourrais quitter le journal et revenir au point de départ, à la littérature, aux Grecs, au calme tourbillon des traductions et à la violence sèche des polémiques universitaires.

Et d'une certaine façon, ça s'est passé comme ça : ce matin de novembre-là, Daniel, qui croyait qu'il y avait du bien en moi, et moi, qui voulais qu'il y en eût, on est entrés dans la *villa*. Novembre, les fleurs blanches, la coke, le lever du jour sur l'autoroute, la rédaction, Daniel, son appareil photo Kirlian, moi, mon Smith & Wesson, les ponts, l'asphalte, les boyaux, le terrain de golf, tout, tous, on est entrés dans la *villa* par la pente verte du green qui venait buter contre le mur crasseux d'El Poso, ce centre bigarré et sombre, cet amoncellement de vies et de morts purulentes et criardes.

V

QÜITY : « C'EST AVEC LES FLICS QUE TOUT A COMMENCÉ »

C'est avec les flics que tout a commencé
Ils m'ont laissée la gueule cassée
Alors Sainte Marie s'est pointée
Qui me l'a toute rabibochée
Et m'a dit ne pas apprécier
Que des bites je continue de sucer
Comme une tarée toute la journée.

Mais avant de tomber dans la *villa* depuis les terres surélevées de l'autoroute comme l'eau qui l'inondait fréquemment, j'ai vu Cleo la belle et je l'ai écoutée, éloquente, sur un écran. Dani avait copié des vidéos de la *villa* El Poso et le casier judiciaire de sœur Cleopatra, comme ils l'appelaient alors. C'était plutôt illégal, ce que filme la SIDE est censé n'être vu que par eux et détruit s'il n'y a pas délit. Depuis que les murs de la *villa* avaient été hérissés de caméras, la routine dévotionnelle de la « Sœur » ressemblait à la mise en scène d'une diva de la télé. Cleopatra, « Kleo » lorsqu'elle publiait des petites annonces de rencontre avant que Dieu ne lui parle, a adopté, après que Dieu lui a parlé, un look à la Eva Perón et une maîtrise de la caméra semblable à celle de Susana Giménez, la passion de son enfance. Les premières traces qu'ils avaient d'elle provenaient d'un hôpital, d'une prison et de journaux papier. Elle avait douze ans, s'appelait encore Carlos Guillermo et son père l'avait presque tuée à force de beignes « parce que c'était une putain de fiote », ainsi qu'il l'avait expliqué au journaliste de *Crónica*, qui avait intitulé l'article : « Barbarie homophobe. Il manque de tuer son fils car le gosse veut ressembler à Susana ». Ils étaient allés l'interviewer à l'hôpital, la diva s'était émue en apprenant combien le gosse l'adorait, elle l'avait invité dans son émission et là, Carlos Guillermo s'était décidément transformé en Kleo, encore en béquilles, mais dansant enchantée avec les boas que la diva lui avait passés au cou. Quelques années plus tard, elle était revenue sous les feux de la rampe : pour une fois, les plus pauvres jouissaient de la technologie dernier cri. Si les riches avaient des caméras et des murs, pourquoi ne pas construire des murs et poser des caméras dans les *villas* ? Eux aussi méritent d'être en sécurité et que quelqu'un les protège des bandes de racailles qui, oui, les volent, même eux, tel avait été l'argument des classes moyennes et supérieures, des fonctionnaires et des médias. Les racailles en question n'avaient pas apprécié des masses, au début ils balançaient de la peinture sur les caméras, mais le lendemain la flicaille se pointait et emmenait celui qu'ils avaient vu sur les images ; ensuite, ils ont enfilé des passe-montagnes comme les anciens zapatistes et alors la flicaille défonçait la maison de n'importe qui pour qu'il dénonce le coupable.

Ils ont fini par se résigner : quand ils sortaient pour aller voler, ils partageaient le butin avec les policiers. Les caméras ont continué à filmer, les vidéos ont commencé à circuler et Cleopatra s'éclatait. Les cheveux rassemblés en chignon comme Evita, porte-étendard des humbles, marchant par petits bonds comme la reine de la télé et blonde comme les deux, la « sainte travestie », entourée d'une cour de minets, de putes, d'apprentis voleurs et autres travesties, prêchait en embrassant la statue de la Vierge qu'un maçon reconnaissant lui avait faite dans le terrain vague de la *villa*. La tête trop grosse, le nez proéminent, un peu rachitique, avec une croix dans la main droite et un cœur dans la gauche, Marie présidait les réunions en regardant de haut « comme si elle se prenait une teub dans le fion », décrivait Jessica, la nièce de Cleo, qui remerciait évidemment le ciel chaque fois qu'elle vivait cette expérience. « Un soir – Cleopatra racontait dans la vidéo le premier miracle à ses ouailles – ils ont fait une descente dans l'appartement où je bossais. » Elle avait fait du karaté quand elle était un gamin et en avait envoyé deux au tapis. Ils l'avaient emmenée au commissariat. Ils avaient coupé les câbles des caméras puis, au cri de « Pédale de merde, maintenant tu vas voir ce que c'est qu'un mâle », ils l'avaient frappée et l'avaient tous baisée, prisonniers compris, dans une belle démonstration du niveau de démocratisation des forces de l'ordre depuis qu'on les envoyait à l'Académie. Sur le point de s'étouffer dans son propre sang et dans le sperme de tout le commissariat, elle avait eu une vision : la Vierge, « divine, plus blonde que Susana, toute vêtue de blanc, on aurait dit qu'elle était en tunique de soie, m'a lavé le visage avec un Kleenex qu'elle avait sorti je ne sais pas d'où, elle devait l'avoir dans la manche, bon, qu'est-ce que j'en sais d'où elle le sortait, vous me demandez vraiment des trucs idiots, elle m'a assise sur ses genoux et m'a dit de ne pas m'inquiéter, qu'elle s'occuperait de moi, qu'on ne tuerait plus un seul de ses enfants, pour qui ils se prenaient. Elle m'a dit que je devais changer de vie, que c'était mal de "faire la chose", ça veut dire baiser, à gauche et à droite toute la journée, que je fasse attention à moi. Elle parlait comme une Espagnole, on aurait dit la reine Sophie, moi ça me faisait un peu rire. Elle m'a demandé de quoi je riais, je lui ai dit et elle est tellement bonne qu'elle ne s'est pas mise en colère, elle a ri elle aussi et m'a donné un baiser sur le front. Que j'étais très sympathique et que je me marie avec son fils, qu'il s'occuperait de moi lui aussi, elle m'a dit. Et elle a commencé à me raconter des choses qui allaient avoir lieu et ensuite des choses qui avaient déjà eu lieu, j'ai l'impression qu'elle est restée des années avec moi, comme si elle avait inversé le temps et qu'elle me prenait depuis que j'étais toute petite, après que mon père m'avait presque tuée, et qu'elle me guérissait de tout, puisque j'ai même cessé de boiter quand je me suis réveillée. Les flics en ont été presque foudroyés : ils croyaient que j'étais morte et je me suis levée comme si de rien n'était et je leur ai dit de se repentir, que Jésus et la Vierge leur pardonneraient s'ils se repentaient et venaient dans la cellule où ils m'avaient jetée pour voir que tout était propre et divin et que moi j'étais splendide, comme si j'avais passé la nuit sur un matelas de plume avec des draps en satin, en train de prendre mon petit-déjeuner, la Vierge m'avait donné du thé avec du lait et des croissants. Ils sont restés pétrifiés en m'ouvrant la porte et en me voyant sortir comme une reine, sans marques, comme si, ce matin-là, j'étais prête à passer à la télé. »

VI

QÜITY : « LE MATIN SUIVANT »

Le matin suivant après avoir vu la vidéo, Dani et moi on a couru vers la *villa*. Il voulait prendre une photo Kirlian de Cleo et moi écrire le reportage de l'année. J'aimais conduire vers le nord, voir le fleuve ne serait-ce qu'à l'embouchure des rues, sentir l'odeur de l'eau, me laisser amadouer comme le paysage lorsque approche le delta. Cette fois-là, il n'a fait qu'approcher, car on a quitté l'autoroute dès qu'on a vu la *villa*. Elle est située dans la partie la plus basse de la zone : tout décline doucement vers elle, sauf le niveau de vie, qui ne décline pas mais chute brutalement sur les dix centimètres de mur dont le potentiel publicitaire n'a pas été négligé par la municipalité. C'était le dernier miroir des voisins nantis, la dernière protection : au lieu de voir la *villa*, ils se voyaient eux-mêmes, stylisés et confortés par les affiches, sur la cime du monde avec leurs téléphones portables, leurs voitures, leurs parfums et leurs vacances.

Dommage que tant de plénitude fût interrompue par les portes crasseuses des pauvres. L'arche était enchanteresse, « Bienvenue à El Poso », disait-elle en lettres colorées, et des petites colombes en ciment peint essayaient, j'imagine, de la soutenir avec le bec, même si cela donnait plutôt l'impression qu'elles s'étaient écrasées : elles ressemblaient à des petites balles pourvues d'ailes tassées contre les bords du panneau. D'un côté de chaque porte, des guérites policières décorées avec soin en plusieurs couches : sur la première, le bleu foncé de rigueur ; sur la deuxième, l'écusson avec la petite poule de la *bonaerense*, la police de la province de Buenos Aires ; sur la troisième, des petites sirènes rouquines, un sous-marin jaune, le fils de dieu marchant sur une flaque céleste, des poissons verts, des anémones de mer, le tout avec des petits yeux et des sourires sur le fond bleu foncé des forces de sécurité de la province. Les autres couches consistaient en graffitis de bites pour tout le monde, enfant dieu compris. Si elles n'avaient pas été là et s'il n'y avait pas eu une odeur de merde, on aurait eu l'impression d'entrer dans la crèche catholique d'un quartier pauvre. D'un dessin supplémentaire, d'un poulpe étonné, voilà de quoi avait l'air le flic quand il a pointé sa tête. Services de renseignement et de presse, les accréditations qu'on portait, Daniel et moi, nous ont autorisé l'accès.

« Entrez, monsieur », « passez une bonne journée, monsieur », le poulpe respectait les hiérarchies même s'il n'en pouvait plus de curiosité.

— Vous venez voir la Sœur, monsieur ?

— Quel est votre nom, brigadier ?

— John-John Galíndez, mon commissaire.

— C'est vous l'artiste, Galíndez ? a demandé Daniel, malicieux, en regardant la décoration de la guérite.

— Négatif, monsieur. C'est la Jessica, la nièce de la Sœur. Désirez-vous un maté, mademoiselle ?

— Oui, merci, John-John. Beaucoup de travail ?

— Non, en vérité, non… depuis que la Vierge traîne dans le coin, la *villa* est très calme. Vraiment très calme. C'est avec ceux de la Cóndor qu'on a du grabuge, maintenant. Même les junkies se lèvent tôt pour écouter la Sœur qui les console tous. On a du mal à y croire, vous ne vous rendez pas compte, commissaire, et je m'excuse auprès de la demoiselle, mais c'était une sacrée chienne, elle bossait dans une piaule ici à San Isidro, près de la cathédrale. Elle était très chère, pour des gens raffinés.

Galíndez a baissé la voix et lancé des regards de côté avant de poursuivre :

— Il paraît qu'elle était l'amante de l'évêque.

— Elle n'est pas un peu grande pour les goûts de l'évêque, brigadier ?

— Euh… je ne sais pas, je ne suis pas journaliste, vous saurez mieux que moi, mademoiselle, c'est des choses qui se disent, qui sait, mais toute règle a son exception, non ? a admis le brigadier. Et puis la Cleopatra a aussi été petite avant d'être grande.

— Et avant d'être Cleopatra, a précisé Daniel, et le flic a ri, il est devenu amical, il a sûrement pensé : « Il est trop fort, ce commissaire ! », puis il s'est mis à tout raconter, on ne pouvait plus l'arrêter : cela faisait huit ans qu'il était de service dans ce commissariat.

Le jour du miracle, il n'était pas là, mais il l'avait été d'autres fois. « La Sœur nous a tous pardonné », répétait-il sans cesse, étonné que des choses comme celles que lui-même avait faites puissent connaître le pardon de la victime. Il avait raison d'être admiratif, des choses comme ça ne devraient pas être pardonnées, même si Cleopatra trouve que je suis amère et que si personne n'arrête, on va tous se tuer les uns les autres. Le brigadier a continué son récit : « Ça paraît incroyable, mais le miracle je l'ai vu, moi aussi. Elle avait une jambe plus courte que l'autre, la Cleopatra, à cause de la branlée que lui avait mise le père. Figurez-vous, il avait été policier, le sergent Ramón Lobos, même si ensuite on l'a viré parce qu'il en avait croqué plus que sa part. Quand son gosse a viré comme ça, étrange, disons, il a voulu le tuer. Dans les forces de l'ordre, il y a encore beaucoup de préjugés. »

Je crois que c'était un matin de novembre, comme je l'ai dit, pourtant je me souviens de l'air froid. On est rentrés dans la guérite de John-John, qui a continué à servir le maté et à nous expliquer les préjugés des forces de l'ordre : « À l'académie, ils nous donnent des cours sur les droits de l'homme. Pendant l'examen, tout le monde écrit que c'est mal de discriminer les pauvres, les pédés, les Juifs, les Boliviens et ensuite, dès qu'ils peuvent leur taper dessus, ils le font. Mais ici, c'est fini : on ne touche même plus aux pauvres, on doit les protéger de l'agence. » Il ne mentait pas : c'était dans le domaine public qu'ils avaient piqué tous les kiosques et autres sources de revenus illicites aux flics, qui avaient fini par défendre les gens des *villas* parce qu'ils avaient besoin de main-d'œuvre pour aller chercher l'argent sale. Ils étaient désespérés, quelqu'un devait sortir chercher l'argent qui manquait comme jamais il n'avait manqué et quelqu'un devait faire face à leurs collègues, ceux de la sécurité privée, « dirigés par ce fou de merde, a défini John-John, la Bête, qui croit que Dieu lui parle mais que personne n'a vu faire le moindre miracle à part brûler une pute qui n'a pas payé sa part et tout garder pour lui. Ça, ça ne peut pas être digne de notre Seigneur Jésus-Christ ». La dernière chose qu'il nous a racontée, c'est qu'après le premier miracle de Cleopatra même le commissaire s'est repenti : il a fini par pleurer « comme un gosse, sur les genoux de la Sœur », plus ou moins comme tout le monde, comme je finis moi-même par le faire régulièrement aujourd'hui encore, même dans mon bunker de Miami. Mais, bien avant que cela n'ait lieu, on est sortis de la guérite et on est entrés dans la *villa*. Et avant même que la *villa* signifie pour moi davantage qu'un triste détail au bord de l'autoroute en direction du delta, j'ai connu la Bête, ex-policier, big boss de la plus puissante agence de sécurité de toute la banlieue, grand manitou de la prostitution dans la province et homme de paille du chef Juárez, l'homme d'affaires le plus puissant du pays. Je n'ai jamais parlé avec la Bête. Je l'ai à peine vu. Mais j'ai fini un de ses boulots et cette minime intervention m'a fait passer de l'autre côté, celui de mes sources, ceux que j'interviewais avant. Ça aussi, ça m'a unie à Daniel.

VI

QÜITY : « CE JOUR-LÀ, J'AVAIS TRAVAILLÉ DES HEURES ET DES HEURES »

Ce jour-là, j'avais travaillé des heures et des heures pour couvrir l'enlèvement d'un homme d'affaires à Quilmes. J'ai fini par manger avec la future veuve et les futurs orphelins tandis qu'ils attendaient le coup de fil des kidnappeurs. Ils n'ont pas appelé et il s'est fait tard, il devait être trois heures du matin lorsque j'ai pris le chemin de chez moi.

J'ai traversé lentement le centre de Quilmes car j'avais bu, j'ai franchi encore plus lentement la première partie de la *villa* qui borde l'autoroute car il y a souvent des chevaux et des ivrognes qui traînent et, alors que je commençais à franchir les cinq cents derniers mètres me séparant de l'échangeur et que j'ai voulu accélérer, l'obscurité s'est faite : toutes les lumières des environs se sont éteintes, celles qui, jaunâtres, titubaient depuis les fenêtres et les trous des cahutes et qui, toit après toit, pompent le réseau électrique et semblent y pendouiller comme les citrouilles d'un Halloween misérable ou les luminaires d'un Noël en enfer. Le silence aussi s'est fait. Je n'entendais que le ronronnement assourdi et grave des moteurs qui passaient au-dessus, à un demi-kilomètre, sur l'autoroute étincelante, aussi prometteuse et distante que l'est la rive pour celui qui se noie.

J'ai éteint les phares de la voiture ; ils n'éclairaient pas grand-chose et puis, comme on le sait tous, être la seule chose visible équivaut à être la seule cible. J'ai sorti le .38 Smith & Wesson que je gardais dans la boîte à gants et l'ai posé sur le siège passager, sans savoir s'il me serait utile : même si l'autoroute se découpait dans le noir et conférait une certaine normalité à la scène, le calme et le silence qui étaient presque solides – ils faisaient davantage craindre l'irruption d'une armée de zombies que celle d'une bande de racailles – m'ont oppressé les poumons et le cerveau jusqu'à ce qu'il ne me reste de souffle que pour une seule idée : me tirer de là au plus vite. Dans la rue, il n'y avait pas un chat, on n'entendait ni les pleurs d'un mioche, ni le rythme d'une cumbia, ni le cahotement d'une charrette, ni l'aboiement d'un chien et la seule chose en mouvement, sombre et lente, c'était ma voiture, comme si j'étais seule à exister. Mais ils étaient tous là : éteindre la lumière et taire jusqu'à sa propre respiration, c'est la stratégie de la *villa* pour montrer qu'il n'y a pas de témoins, que personne ne veut rien savoir ni rien entendre de ce qui est en train d'avoir lieu.

Ce qui était en train d'avoir lieu est arrivé quelques secondes après la coupure, à l'inverse de la foudre : d'abord le bruit, un hurlement à faire frémir qui m'a pétrifiée dans un état d'alerte animale, d'alarme hérissée, un de ces états où la conscience se tend jusqu'aux poils. La seule chose que je suis parvenue à faire a été d'appuyer sur l'accélérateur et d'attraper le revolver, mais pour cela j'ai dû lâcher le volant et j'ai fini sur le bord d'un trottoir, en faisant un bruit assourdissant, métallique, le seul en plus du hurlement, celui du poteau s'incrustant dans la tôle de la porte arrière. Tout le reste continuait d'être obscur et calme comme une scène vide. Ensuite, la lumière est venue : c'était une flambée humaine en pleine course épileptique, elle faisait des mouvements impossibles pour un corps humain et poussait un cri déchirant, elle courait comme on tombe, s'effondrait sur ses propres pieds, se contorsionnait sous la chaleur du feu qui la brûlait vive et la faisait onduler au rythme des flammes.

Je l'ai regardée tomber. Parce qu'elle portait des chaussures à talons, j'ai su que c'était une fille. Je l'ai vue tomber en pensant qu'on ne pouvait pas regarder une telle chute sans rien faire et j'ai dû réfléchir longtemps – deux, cinq, dix secondes ? – jusqu'à ce que cela devienne impératif, avant de pouvoir bouger, attraper le manteau et descendre de la voiture. J'étais si tendue que j'ai cru que le froid de la nuit me briserait en morceaux comme si j'étais du verre, mais il ne l'a pas fait, l'odeur de la chair brûlée par le feu ne m'a pas brisée, étreindre avec mon manteau rouge la femme qui gémissait et hurlait et respirait avec des râles de baleine moribonde et qui grinçait des dents comme les condamnés de l'enfer de Dante ne m'a pas brisée, m'asseoir par terre et la poser sur mes genoux comme s'il s'agissait d'un bébé pour l'éteindre entièrement ne m'a pas brisée, la regarder dans ses yeux qui étaient encore vivants sur ce petit visage carbonisé ne m'a pas brisée, lui dire de se calmer, que c'était fini, lui mentir en lui disant qu'elle irait bien ne m'a pas brisée, approcher le canon du .38 de sa tempe ne m'a pas brisée, la bercer ne m'a pas brisée, m'enduire de la chair et des fluides de son corps grillé ne m'a pas brisée et lui tirer une balle et me retrouver baignée du spray de sang et de cervelle qui a jailli de sa tête ne m'a pas non plus brisée.

Dans le silence de la *villa*, mon tir a résonné comme un pétard dans un baril en métal, comme mon cœur qui tambourinait dans mon corps : ce bruit a rompu quelque chose, comme le séisme qui a déchiré les rideaux du Temple quand est mort le Christ. Ma main armée s'est levée comme se lève une barrière et j'ai quitté ma vie pour toujours.

Le bruit du coup de feu m'a rappelé le danger, personne d'autre n'avait encore fait son apparition, et j'ai adopté la première des nombreuses stratégies de la *villa* qui, à partir de cette nuit-là, allaient marquer mes habitudes. J'ai marché jusqu'à la voiture sans faire de bruit, comme si un peu de silence pouvait effacer le vacarme du coup de grâce que je venais de tirer, et lorsque j'y suis montée et que la porte a été bien fermée, j'ai accéléré, envoyé valser le poteau et filé à toute allure. Dans le rétroviseur, j'ai d'abord vu les lumières des camions de Crónica TV braquées sur la fille puis celles bleues des voitures de police qui arrivaient ensuite, mais je ne me suis pas arrêtée avant Palermo, avant de parvenir chez moi et de me voir dans le miroir de la salle de bains pendant les heures que je passais à chier comme si j'avais avalé la mort tout entière.

J'étais noire, j'avais des croûtes collées au visage

et sur la main comme si j'avais embrassé une côtelette trop cuite, et sur l'avant-bras droit le spray des suicidés et de ceux qui tuent à bout portant, celui que j'avais vu sur tant de morts et que m'avaient raconté tant de médecins légistes pour justifier leurs hypothèses, cette trame aux volumes irréguliers de postillons de sang, de cervelle et de poudre, et j'ai senti la peur jusque dans le sang qui me secouait à chaque battement de cœur. Je me suis lavée avec une éponge à gratter Mortimer et du détergent, avec du savon blanc, avec du gel douche et du bain moussant. J'ai envisagé de brûler mes vêtements mais je ne voulais voir aucun feu, pas même sur les brûleurs de la cuisinière, alors j'ai plongé mes habits, y compris la culotte que je portais, dans de l'eau de Javel, et comme j'avais le cœur qui continuait de tonner comme des pétards dans un coffre-fort, j'ai pris une demi-boîte d'Alplax, je suis allée au lit et suis restée assise avec le revolver, que j'avais également passé à la javel. J'étais aussi folle que Macbeth avec ces croûtes de sang, mais appartenir au XXIe siècle a ses avantages : la pharmacopée contemporaine anesthésie le plus angoissé des assassins. J'ai dormi une journée entière, j'ai fait des cauchemars, et lorsque je me suis réveillée, j'ai trouvé des messages de Daniel qui me racontait ce qu'il savait : à côté de la fille, on avait trouvé un papier avec des lettres découpées dans un journal, un nouveau genre, a dit Dani, quelque chose comme de la pop biblique sinistre avec ses tailles diverses, ses typographies diverses et ses couleurs diverses. Ça disait : « L'odeur de la chair brûlée par le feu apaisera Yahvé. » La thèse avait couru qu'il s'agissait d'un crime mafieux et on ne savait pas à qui l'attribuer, selon les médias. Mais on savait tous. Daniel savait et moi je l'ai su en entendant le verset du Lévitique. Ça ne pouvait être que la Bête.

Daniel est venu chez moi et m'a fait une synthèse de toute l'information dont il disposait : la fille était paraguayenne, elle s'appelait Evelyn, avait seize ans et cela en faisait trois qu'Interpol la cherchait, depuis qu'elle avait disparu de chez elle à Ypacaraí. Les journaux soupçonnaient qu'un réseau de traite des Blanches l'avait enlevée. Daniel en était persuadé. Moi aussi.

« Quelqu'un lui a donné le coup de grâce », a-t-il dit. Je ne pouvais presque pas respirer, je buvais du whisky et regardais les photos d'Evelyn que Dani avait sorties des archives d'Interpol. Je m'étais juré à moi-même de garder le silence : tuer quelqu'un, même si l'intention relève de l'euthanasie, est un homicide, et les homicides donnent lieu à de longues condamnations dans tous les systèmes pénaux. Le raconter à quelqu'un, c'était se livrer. Mais cela pouvait aussi être une forme d'absolution, une complicité afin de partager le poids de cette mort, un soutien, une libération ou une chute dans cette dimension voluptueuse qui n'est jamais absente de l'acte par lequel on se livre aux mains d'un autre. Je ne sais pas : peut-être n'était-ce que la logorrhée propre à l'ivresse, je n'ai jamais su boire sans me mettre à trop parler, de même que je n'ai jamais su traverser une situation difficile trop loin d'une bouteille de J&B. J'avais bien choisi mon confident : Dani m'a prise dans ses bras, m'a prise en photo Kirlian pour me démontrer que mon âme était toujours aussi bleue, m'a servi du whisky et en a bu lui aussi, s'est absenté de son travail, est devenu bavard, et, donnant libre cours à son délire mystico-électronique, il m'a dit que la matière avait quatre états, solide, liquide, gazeux et bioplasmatique, cela ne l'a pas dérangé que je lui dise que dans ce cas l'eau ne devait pas être de la matière car au collège on nous apprenait tous qu'elle en avait trois, il m'a raconté que l'ingénieur russe Semion Davidovitch Kirlian avait fait en 1939 une expérimentation en électrothérapie – des électrochocs ? ai-je demandé –, mais il a poursuivi : l'histoire, c'est que le Russe s'est pris une décharge en touchant accidentellement une électrode alors qu'il avait justement une plaque de papier photosensible, qu'il y a posé la main et pris la photo et qu'en la révélant il a vu des halos de lumière autour de ses doigts ; que cette radiation trouve son origine dans le développement des atomes qui composent le corps humain, qui possèdent un noyau de protons, de neutrons et de plein d'autres particularités subatomiques et qu'autour de ce noyau les électrons tournent à la vitesse de trois cents kilomètres par seconde en décrivant des orbites elliptiques. Je ne me rappelle pas comment, mais Daniel m'a expliqué que d'une certaine manière tout cela est lié à l'âme : dans les couleurs de l'aura, il y a celles de la psyché, m'a-t-il assuré et, visiblement, il considérait comme évident le lien entre psyché et âme. Il parlait d'une façon de plus en plus entrecoupée et bégayante tandis qu'il s'efforçait de garder de la contenance et me montrait les photos qu'il avait prises de moi, encore plus bleue ce jour-là qu'avant Evelyn. « Le bleu, balbutiait-il, est la couleur du bien, Qüity. » Ensuite, il m'a montré des photos de son aura, de son âme ou de sa psyché, je n'ai pas compris si pour lui cela revenait au même ou si c'étaient des choses différentes. On voyait des couleurs timides, grisées autour de la silhouette de la main de Daniel. Il faut dire que lui, a-t-il commencé à raconter à quatre centimètres de la fin de la bouteille, avait tué aussi. Mais dans son cas, cela avait été de la vengeance, pas de l'euthanasie, a-t-il précisé. Il m'a payé confession pour confession et on s'est retrouvés chacun entre les mains de l'autre. Il a parlé en pleurant, en bavant, en buvant du whisky au goulot, en se mouillant la poitrine avec tout ce qui lui dégoulinait de la bouche : il avait eu une fille. Elle lui ressemblait beaucoup, sauf qu'elle était belle, a-t-il dit. Sa fille était écologiste et catholique, elle faisait des études de vétérinaire et des œuvres caritatives dans les *villas* en castrant et en vaccinant gratuitement chiens et chats. Elle n'était pas fière du travail de son père. « Pas que j'en aie eu besoin », a-t-il expliqué. Daniel s'occupait d'elle : il lui avait acheté un appartement, il envoyait des flics se balader dans les *villas* les jours où elle y allait, il avait même trouvé une armée de volontaires pour l'aider.

Il aurait aimé être plus souvent avec elle, qu'ils vivent ensemble, il regrettait beaucoup d'avoir manqué son enfance. Il ne m'a pas raconté ce qui s'était passé, mais il n'avait pas été présent. Elle – elle s'appelait Diana –, c'était une lumière. Jusqu'à ce qu'un fils de pute la tue. Il l'avait séquestrée, torturée et violée jusqu'à ce qu'il se lasse et lui mette une balle. La bouteille était déjà vide et j'étais incapable de dire si ce qui mouillait les vêtements de Daniel était du whisky, des larmes ou de la pisse, car ce soir-là il s'était aussi pissé dessus. Bien que ce soit à cette époque qu'il ait découvert les photos Kirlian et avec elles la preuve de l'existence de l'âme et, partant, de celle de Dieu et du Jugement dernier, il n'a pas su se priver de la vengeance. Bien sûr, ce n'était pas la première fois qu'il tuait quelqu'un, « mais avant je n'avais pas de preuve de l'existence de Dieu, Qüity ». Pourtant, même avec preuve et tout, lorsqu'il a trouvé le fils de pute, il s'est personnellement et lentement chargé de le démembrer. Mais il ne s'est pas senti mieux, m'a-t-il expliqué, sa fille était déjà morte et depuis il était trop tard pour tout.

Il n'a plus rien dit. Il s'est lavé, a enfilé un pyjama pour homme qu'avait laissé chez moi le dernier type à avoir été plus ou moins mon mec, a mis ses vêtements dans la machine, a nettoyé le sol, est venu dans ma chambre et m'a serrée dans les bras comme un père pendant toute la nuit. Ç'a été le début d'une grande amitié. Pendant longtemps, je n'ai parlé qu'avec lui et que lorsqu'on se voyait.

J'ai demandé un congé pour raisons psychiatriques, je remplissais toutes les conditions requises, et suis restée isolée chez moi à regarder des miroirs en essayant de voir dans mon visage ce que je cherchais auparavant dans les yeux des assassins quand je les interviewais. J'ai passé des mois à penser à cette gamine, à cette vie de merde avec cette fin de merde. Toutes les histoires s'achèvent par la mort, mais cette fille-là on l'avait baisée tous les jours, toute la journée, par tous les trous, on l'avait frappée, on l'avait humiliée jusqu'à ne plus rien lui laisser de personnel, pas même un peu de temps ni un seul repli de son propre corps, on lui avait ôté toute dignité, tout ce qu'elle était, jusqu'à faire d'elle une pure extériorité pour la démolir à coups de bite. De toute évidence, on ne l'avait pas complètement démolie, puisqu'elle avait tenté de fuir. D'où le feu : la Bête l'avait déjà fait avec deux ou trois filles qui s'étaient échappées auparavant.

Cela m'a consolée un peu de ne pas lui avoir mis le revolver dans la bouche, de l'avoir bercée, de l'avoir éteinte et de l'avoir prise dans mes bras. Elle aurait continué à souffrir, elle n'avait plus de visage, n'avait presque plus de peau et les infections allaient la tuer, mais ce n'est pas pour ça que je l'ai tuée : je lui ai tiré une balle dans la tête car je n'ai pas pu supporter tant de souffrances et c'est tout. Aujourd'hui encore je me souviens avec effroi qu'elle m'a regardée dans les yeux et a pris ma main gauche avec sa main brûlée quand j'ai appuyé sur la détente. J'aurais dû appeler une ambulance. Mais j'ai eu peur que n'arrivent ceux qui l'avaient brûlée, je n'ai pas voulu perdre un instant, je l'ai tuée et je suis partie.

J'ai ensuite parlé avec quelques médecins légistes parmi mes amis et j'ai vu le corps d'Evelyn dans le frigo, à demi carbonisé mais propre, et ce qui n'était pas brûlé était beau, un corps de jeune fille fait pour vivre, comme tous les corps. Les médecins m'ont dit qu'elle serait morte de toute façon, que sa main s'était même séparée du corps à cause des brûlures et qu'elle était tellement carbonisée que ses viscères étaient sortis. Ils ne savaient pas avec quelle saloperie on l'avait brûlée, l'état du corps ressemblait à celui des personnes qu'on retire des avions incendiés. « Quelqu'un lui a donné le coup de grâce », m'a dit Luis, le légiste en chef, ce qui m'a un peu tranquillisée, bien que je n'aie jamais pu revenir de l'autre côté du monde, celui de ceux qui vivent loin des petits Auschwitz qu'on trouve à Buenos Aires tous les deux pâtés de maisons. Evelyn a été mon billet aller, mon entrée à la *villa*. Je l'ai tuée et elle a fait de moi une fille de la *villa*.

VI

QÜITY : « JE SUIS ENTRÉE DANS LA *VILLA* »

Je suis entrée dans la *villa* un an et demi plus tard, un jour de novembre. Il était très tôt, vers les huit heures ; Daniel et moi, on a pensé que la sœur Cleopatra avait dû redécouvrir le matin peu de temps auparavant, après avoir abandonné la vie nocturne. Il avait beaucoup plu la veille et la *villa* ressuscitait après le déluge ; on était tellement plongés dans la boue qu'on semblait en émerger, comme les premières créatures du dieu de la Vierge qui parlait et continue de parler avec Cleopatra.

Le centre d'El Poso s'inondait : quand il pleuvait, il n'y avait pas de gamins, la Vierge ne recevait pas et les voies du Seigneur devenaient innavigables. La pampa ondule ici où là et c'est alors que la pyramide sociale devient géographie ; l'eau tombe vers le bas, naturellement, et, encore plus naturellement, en bas il y a les *villas*. Elle entraîne les cahutes les plus précaires et de temps à autre elle noie quelqu'un. Dans mes souvenirs, ce matin-là, les restes du naufrage n'étaient que des cubis de vin, des seringues, des bouteilles en plastique et des couches. Il n'y avait pas de cadavres. Nous, les vivants, on parlait en petits groupes en tapant du pied au rythme de la cumbia en fond sonore tandis qu'on attendait la Sœur parmi les éclatants membres du prolétariat de la *villa* aux cheveux gominés, aux crêtes dressées, aux bandeaux colorés, aux joggings de marque et aux tennis éclatantes. Les minets avaient des airs de danseuses : ils avançaient en posant la pointe des pieds sur les pierres du bourbier pour conserver la brillance de leurs paillettes. Les gosses couraient et jouaient à cache-cache malgré les cris de leurs mères qui essayaient de les tenir éloignés de la merde par terre. Quelques hommes riaient tout bas avec leurs bouches vides en regardant les femmes et les femmes riaient aussi, mais elles cachaient leurs bouches vides du geste automatique des édentés coquets. J'étais en train de penser à Dieu, au pain et à ceux qui n'ont pas de dents lorsque est apparue dans les airs la diva de la télé. Ce n'était pas un miracle : les gardes du corps portaient le fauteuil roulant pour qu'il ne s'enfonce pas dans la boue. Il est important de clarifier le fait que le centre d'El Poso était un marécage merdeux. Susana, qui était archi-vieille et ne s'effrayait et ne s'étonnait plus de rien, a demandé qu'on pose le fauteuil près des dames bourgeoises et de la star de la cumbia nationale, un type de la *villa* qui y était resté, tous divins selon divers modèles de divinité originaires de Miami.

Les « petites sœurs », ex-compagnes de travail de Cleopatra, allaient et venaient, pressées, emportant des ordures, apportant tréteaux et planches, tout ça sur le dos comme de bonnes, d'industrieuses fourmis travesties maquillées comme des camions volés. Il y avait des braseros et il y avait des grosses dames à côté des braseros ; de ce mélange de feu et d'embonpoint sortait un arôme enchanteur de maté bouilli et de tartines grillées ; le matin sentait le petit-déjeuner à la maison lorsque est enfin apparue Cleopatra apportant quelques pots de confiture, « c'est de la marmelade d'orange », les premiers mots que j'ai entendus d'elle sans l'intermédiaire de caméras ou de microphones, « elle est hypermaison, je l'ai faite moi-même de mes propres mains et les oranges proviennent des arbres du quartier ». Elle s'est appuyée contre la poitrine en ciment de la Vierge à la grosse tête et, enchantée, a reçu amour et cadeaux, elle riait et sautait sur place comme une gamine, ce qu'elle continue de faire malgré les pattes-d'oie et tous les morts. Toutes les deux, Cleopatra et notre fille, sautent sur place lorsqu'elles sont contentes, par exemple quand j'offre une poupée Barbie neuve à la gosse et un parfum à Cleo. Jamais je n'aurais pu l'imaginer ce matin-là, mais l'odeur de foyer et de Cleopatra n'allait plus quitter ma vie.

Cleo était alors appuyée contre le Christ et recevait des œufs, un iPhone, des vêtements, une poule rousse ; notre médium de la Vierge riait aux éclats : « Oh ! la la, Gladys, viens la voir, elle est pareille que toi, vous parlez même pareil ! » On a tous ri ; elles se ressemblaient vraiment. « Elle va s'appeler Gladys, la poulette », l'a baptisée Cleo. « Et moi je garderai les œufs pour moi », a répondu Gladys. « Ouais, pour une fois que tu gardes tes œufs, la Rousse. » Les cadeaux ont continué : une chemise en soie, dix baguettes, des sachets de riz blanc, un sac à main Vuitton. Cleo a sautillé cinq bonnes minutes quand la vieille diva, sa marraine, lui a donné le chiot. « Oh ! la la, Su, merci, merci, tu n'aurais pas dû, ce qu'il est mignon, c'est quoi, c'est un mâle… Les filles ! Comment on va l'appeler ? On n'a qu'à l'appeler Gauchito, avec nous il vivra entouré d'Indiennes. Regardez, il a un petit collier. Il est vacciné et tout. Tant mieux, parce que c'est un chien sophistiqué et ici les sophistiqués chopent toutes sortes de saloperies. » Notre folle mystique est devenue pensive et a ajouté : « Bon, nous aussi, mais on est habituées. » Avec un sens commun qui m'a surprise et continue de me surprendre, de la part d'une personne qui dialogue avec les êtres célestes, Cleo nous a dit que Dieu nous aime, qu'en Dieu nous nous aimons et de boire notre lait ; il était plus que temps et il faisait un froid de canard, qu'on commence par le commencement. On prierait ensuite. Ils étaient tous joyeux et aimables sous la protection de la Sœur. Ils se criaient des blagues, se souvenaient d'anecdotes, se reconnaissaient comme faisant partie de quelque chose, je ne savais pas de quoi, mais ils m'y faisaient participer. Un petit gamin, il avait trois ans, a désigné la bosse que faisait mon revolver sous le pull-over, a crié « pan ! », s'est jeté au sol et a fait le mort en riant et en attendant mon approbation. J'ai été un peu surprise d'un tel savoir chez un enfant aussi petit, mais El Poso était le royaume de la jeunesse éternelle : personne n'y meurt de vieillesse, seulement de maladies guérissables ou de tirs inutiles. Le gamin s'est levé en riant, j'ai ri avec lui, lui ai caressé la tête et il s'est pendu à mes jambes. C'était Kevin. Il a pris son petit-déjeuner sur mes genoux, tout joyeux, je lui ai donné un caramel que j'avais dans le sac à main, il m'a fait un baiser et j'ai eu envie de l'emmener chez moi et de lui donner des caramels pour toujours comme la sorcière de Hansel et Gretel, mais pas pour le manger, juste pour qu'il me fasse des bisous et qu'il soit toujours heureux.

Dani a fait ce qu'il était venu faire ; la bouche pleine de tartines grillées, il a pris des photos. Son appareil Kirlian était relié à sa montre connectée, personne n'a donc remarqué son activité incessante. « Qüity, regarde ça, me disait-il environ une fois par minute, on dirait le détroit de Messine : c'est l'aura la plus bleue et la plus grande que j'aie vue de ma vie », il parlait de la couleur de l'âme de Cleopatra. « Alléluia, mon frère, elle doit vraiment être une sainte, alors. » Il était très enthousiaste ; il croyait vraiment que les lumières qu'il photographiait étaient les signes des âmes et il croyait sérieusement qu'il y avait des âmes. En guise de preuve, il insistait pour me montrer une photo de la sienne, une chose opaque et grise, avec des trous noirs. Il faut dire que Daniel est un fils de pute et qu'il le sait. « Bénis soient ceux qui vivent dans des mondes lisibles », c'est ce que je me rappelle avoir pensé tandis que je voyais passer la Difunta Correa[1] dans les bras d'une travestie qui avait dû être vigile dans sa vie précédente. Ensuite, j'ai appris que, parmi les travesties, il y a les appelées et les forcées,

1. Sainte apocryphe faisant l'objet d'un culte fervent. Deolinda Correa, la « défunte », serait morte d'épuisement, son nourrisson au sein, alors qu'elle suivait son mari, soldat pendant les guerres civiles du milieu du XIXe siècle. Selon la légende, elle aurait continué d'allaiter son bébé même après son décès.

celles entraînées par la nécessité et celles qui le deviennent par vocation, qui l'ont toujours su et commencent donc jeunes : elles ne faisaient jamais ces « boulots de mecs qui détruisent le corps de n'importe quelle fille », comme me l'avait expliqué Cleo dans la *villa*, quand j'enregistrais quasiment tout ce qu'elle disait.

Celle qui portait la statue de la Difunta était de celles qui le deviennent par nécessité. La Correa devait être l'œuvre du même sculpteur responsable de la Vierge, elle aussi était rachitique et elle aussi avec une grosse tête. En quelques minutes, ce fut un raz-de-marée : comme lors d'une cérémonie religieuse, telles des momies colorées, les saints avançaient horizontalement sur les épaules robustes des travesties, cariatides aux seins démesurés, elles aussi peinturlurées comme un temple antique. Même si elles s'étaient habillées avec la discrétion qu'impose un acte sacré à notre époque, les travesties de la *villa* naissent chauves-souris, elles vivent vêtues pour la nuit. Pas même Cleo ne pouvait se passer de ses paillettes moulantes. Maintenant, elle s'en sort mieux : elle est devenue capable de porter le deuil, capable de tissus noirs jusqu'aux genoux, de voiles opaques, de talons plats, de tennis blanches. Mais ce matin-là, celui des saints rachitiques hydrocéphales qui avançaient comme des morts vers le bûcher sur le dos de filles exubérantes et fortes comme des taureaux, elle n'était pas encore sortie du monde de la nécessité, elle n'avait pas joui de la richesse, elle n'avait pas appris la discrétion, cet attribut dont ne cessent de faire ostentation certaines classes de puissants.

Je n'exagère pas : la Sainte Vierge et tous ses

saints semblaient des sarcophages en plâtre faits sur mesure pour des sous-alimentés ou des extraterrestres, de ceux dont il se dit que la Nasa en cache dans certains recoins de ce beau pays. Qu'une telle difformité soit due à la maladresse du sculpteur est évident. Mais il est également évident que la difformité aurait pu être autre : des pattes grandes comme celles des Patagons, des corps gros ou très longs, de toutes petites têtes, pour n'énumérer que quelques possibilités, ce qui ouvrait la voie à l'interprétation : pourquoi des corps aussi fragiles et des têtes aussi exorbitantes ? S'agirait-il d'une forme de réalisme propre au bidonville ? Peut-être le sculpteur nous disait-il que c'était dans la tête et nulle part ailleurs que résidait le royaume des cieux, où les premiers seront les derniers et les derniers les premiers. Ou que la disproportion était nécessaire pour exprimer l'espoir des pauvres, tellement offensés, maltraités et humiliés et pourtant tellement disposés à croire en l'existence d'un salut pour eux : le sculpteur, les travesties, les gamines, les grosses édentées, les voyous, les maçons, ils étaient tous réunis là, à El Poso, convaincus que la Vierge allait les protéger.

Dani et moi, on regardait tout ça avec une ironie un peu conne. Il m'a fallu des mois pour perdre cette perspective ; le panthéon de la *villa* ressemblait à une fête pour la paire d'idiots que nous étions lui et moi à ce moment-là. Le Gauchito Gil, avec sa culotte de cheval rouge, a suscité de notre part des commentaires tels que : « Mais il est canonisé ? » « Je crois que non, Dani, tant qu'à canoniser des voleurs, l'Église préfère ceux qui volent les pauvres. » « T'as raison : même Jésus l'a dit : rendre à César ce qui est à César. » « Oui, mais César était vivant et tu peux être sûr qu'il savait quoi faire de l'argent. San Martín, Roca, Mitre et Sarmiento, que veux-tu qu'ils foutent des billets ? Ils ne les dépensent pas dans les trains qui portent leurs noms, je ne sais pas si tu en as pris un dernièrement. » Catherine de Sienne, patronne de Rome, avait été sculptée avec tous ses attributs : elle suçait une cuisse étrangère qui ressemblait à celle d'un poulet mais s'achevait par un pied où brillaient cinq doigts bien humains. « Elle était anthropophage, Dani ? » « Non. T'as vu qu'elle a aussi une petite feuille de salade ? Elle ne mangeait rien d'autre ; la bague de fiançailles qu'elle porte était le prépuce du Christ qui, selon ce que racontait la sainte, le lui avait donné en personne lorsqu'il l'avait prise pour épouse. Elle disait que le roi David s'était chargé de l'ambiance musicale du mariage et que la Sainte Mère avait présidé la cérémonie. » « Et elle suce la jambe de qui ? » « De quelqu'un de malade, elle suçait le pus des plaies pour se familiariser avec les blessures du Christ, son mari. » *Oh, l'amour.*

Le Dr Pantaléon était une espèce de monument au torturé. Dani, qui connaissait aussi le sujet, m'a raconté l'histoire : « C'était un médecin philanthrope qui recevait les pauvres. Il s'est converti au christianisme, les Romains l'ont attrapé et ont appliqué la procédure habituelle avec les sectes qui dérangent. Ça ne s'est pas passé comme prévu : ils ont d'abord essayé de le brûler et rien, comme si le saint était en amiante. Ils ont opté pour le plomb fondu et le docteur s'est secoué comme si c'était du sable. Ils ont dû se dire que puisque le feu n'avait pas marché, ça fonctionnerait peut-être avec l'eau car ils l'ont plongé tête en bas pendant dix heures dans un bassin. Le philanthrope est sorti en chantant des psaumes. Ils l'ont jeté aux lions, le numéro préféré du peuple romain d'alors, et les bestioles l'ont recraché ; ils l'ont torturé sur la roue et il s'est plié sans casser, ils lui ont enfoncé une épée et le toubib a avalé ça comme si c'était son petit-déj. Les fonctionnaires romains ont persévéré : ils savaient pertinemment qu'un État qui n'exécute pas est un État mort. Lorsqu'ils ont essayé la décapitation, la tête s'est séparée du corps et Pantaléon est mort sans faire d'histoires, pourtant les miracles ne se sont pas arrêtés : de son cou n'est pas sorti du sang, mais du lait. Ce qui n'empêche pas – tu vois comme les miracles sont contradictoires – qu'au monastère royal de l'Incarnation à Madrid ils aient une relique de son sang qui se liquéfie lors des anniversaires du martyre de son premier propriétaire. »

San Malverde, qui avait des paquets jusque dans le cul et était armé genre Rambo. Là, c'était moi qui connaissais son histoire : « C'est le patron des narcos mexicains. Il a dû faire un miracle ou deux parce que toutes les mules demandent sa protection avant de passer de la came aux États-Unis. Ça m'étonnerait qu'il soit canonisé, mais il n'en est pas moins efficace pour autant : la dernière fois que je suis allée à New York, je suis presque devenue une statue moi aussi, la moitié de la ville était blanche de neige et c'était l'été. »

Tandis qu'on parlait, Daniel et moi, Kevin a continué de manger tout ce qu'il y avait sur la table, c'est-à-dire beaucoup. Le cœur content, il nous montrait régulièrement son ventre et riait. La cumbia était à fond, les gamins dansaient avec Gladys, la Rousse qui ressemblait à la petite poule, les autres criaient et riaient. Ce petit-déjeuner mystique ressemblait à un mariage d'ivrognes. Je ne sais pas ce que j'avais imaginé ou si je m'étais imaginé quelque chose, mais ce n'était sûrement pas cette espèce de kermesse de village. Lorsque même Daniel a commencé à taper du pied, ils ont baissé la musique et se sont dirigés vers le centre du terrain vague, étincelant comme un salon bourgeois à la suite du travail des sœurs. Cleo s'est de nouveau installée à côté du Christ. Lorsque je me suis introduite dans la ronde des saints en ciment, j'ai été surprise par une sorte de grosse poupée en armure. Daniel a confirmé mes soupçons : « Oui, c'est Jeanne d'Arc », et, oui, elle aussi était à moitié travestie. Les Anglais l'avaient brûlée après qu'elle eut rompu son serment et qu'elle eut recommencé à s'habiller en homme… Le dieu d'alors était un dieu plus ancien, il ressemblait à Zeus, il avait de la sympathie pour la France et voulait que cet imbécile de Charles VII soit roi à tout prix. Pour ça, et pour qu'ils gagnent quelques batailles, il a envoyé des voix à cette gosse qui s'est transformée en un général impressionnant. Ça ne lui est même pas passé par la tête d'en finir avec la guerre de Cent Ans, il faut croire que cela l'amusait beaucoup, comme ses cousins sur l'Olympe avec Troie.

IX

QÜITY : « TOUS PRIAIENT »

Tous priaient. Ils connaissaient la prière et la disaient à voix haute, en regardant par terre. Je suis restée à l'écart. Moi aussi je connaissais cette prière, mais je n'ai jamais pu, pas même alors. Je me rappelle mon incapacité à me joindre au chœur qui s'emparait de l'air de la *villa* et l'emplissait de « le Seigneur est avec vous » se glissant dans les cabanes par les trous des tôles, de « vous êtes bénie » caressant les boîtes de conserve où poussaient des géraniums et de « priez pour nous » se répétant comme un écho parmi tout ce qui naît et se décompose avec l'insolence de la vie à El Poso, « maintenant et à l'heure de notre mort, amen ». Cleo continue de jurer que la Vierge a rempli sa part et qu'elle a prié et continue de prier pour ceux d'entre nous qui sont morts. Je ne suis dupe ni de Cleo ni de sa Vierge : Dieu est une invention ancienne, faite à l'image d'un tyran et tel un tyran il donne libre cours à sa furie quand l'envie lui en prend. Et toute supplication est inutile.

« Salut, ma tante », malgré le vêtement en Lycra léopard qui devait l'asphyxier, malgré le vin et les ecstas qui rendaient sa diction difficile, Jessica ne perdait pas sa contenance. « Maintenant qu'on est tous là, commençons », a dit Cleopatra ; ils ont commencé aussitôt et je me suis dit que ça ne finirait jamais. Même Daniel a prié. Même Kevin. Il balbutiait des fragments de la prière de temps à autre et me regardait en quête d'applaudissements. Il ne se passait rien de plus : ils priaient et moi je les écoutais. J'étais stupéfaite qu'ils ne sachent pas que j'étais la seule à entendre leurs « le Seigneur est avec vous, Marie ». Ensuite, j'ai compris : aucun dieu ne les entendait, mais ils s'entendaient ensemble, cette union était une force et ça, ce que dit Martín Fierro, « les frères sont unis car c'est la première des lois », c'est quelque chose que même les analphabètes savent en Argentine.

Au bout d'un moment j'ai arrêté de penser, je me suis laissé bercer par les *Ave Maria* et me suis souvenue de moi dans ma période Dieu. Une gamine en tunique blanche, les longs cheveux ondulant sur le front, la première communion, il faisait chaud. J'avais espéré quelque chose qui n'avait pas eu lieu, je ne sais pas trop quoi, une forme d'extase. L'hostie m'avait déçue comme quelques années plus tard me décevraient les drogues, même si j'ai davantage insisté avec la coke qu'avec Dieu. Une affaire de lectures : pendant un bon moment les beatniks m'ont été plus accessibles que saint Augustin. C'était une journée très chaude, un 8 décembre j'imagine, comme le veut la coutume. Ma mère a fait une fête. Mes tantes sont venues, mes cousins, les voisins, je ne sais plus qui d'autre encore ; je pourrais demander à ma mère si j'en avais quelque chose à faire, mais je m'en fiche, la seule chose qui m'importe c'est que je n'ai jamais rien compris au catéchisme, si c'était Dieu, comment laissait-il faire ça ? Je suis un animal plus primitif que Dieu, moi, je ne peux pas comprendre que quelqu'un à même de l'empêcher permette la torture.

« C'est sale, ça, ai-je dû dire à Kevin, qui semblait disposé à s'enterrer dans la boue et à me tirer de mes réflexions. Tu ne peux pas mettre les mains là-dedans, c'est dégoûtant. » Je me suis dit qu'il allait se mettre à pleurer, je lui ai fait une balle en papier et il s'est mis à jouer avec. Ça ne rate jamais. La sainteté m'est aussi opaque que le catéchisme : j'ai vaguement fantasmé d'être missionnaire en Afrique, mais plutôt à cause de Tarzan et du prestige du voyage à travers le monde que pour plaire à je ne sais quel dieu inutile. La mort était très éloignée de moi et Dieu ne me servait que comme interlocuteur de mes désirs. Je crois que plus jamais je n'ai désiré au point d'avoir besoin de me construire une autre personne auprès de laquelle exprimer mes souhaits. J'ignore pourquoi on se souvient de certaines choses plutôt que d'autres et comment s'enchaînent les associations d'idées, mais j'ai la certitude d'avoir senti, au moment précis où je pensais au désir et à Dieu, un parfum, celui de Jonás, mon dealer et mon amant. Et je me souviens de l'excitation. « Je t'ai dans le viseur », m'avait-il dit, « Tire-moi dessus, alors », lui avais-je répondu : les dialogues n'étaient pas notre fort. Il m'a embrassée par-derrière et son corps à lui battait aussi. « Tu ne peux pas baisser la garde comme ça. » Parfois, je peux ; il y a une joie dans le corps, parfois. Qu'est-ce qu'il faisait là ?

— Qu'est-ce que tu fais là ? a-t-il demandé le premier.

— Je suis venue rencontrer Cleopatra.

Je me réjouissais de le voir, je ne pouvais m'empêcher de le toucher chaque fois que je le voyais. Kevin nous a sauvés alors qu'on se préparait à se jeter dans cette boue de merde pour baiser sans nous préoccuper de la petite foule qui continuait de réciter des *Ave Maria*. « De l'eau », a-t-il dit. « Tu veux du Coca, Kevin ? » Le gosse a souri, « Coca », et Jonás lui a donné la petite bouteille. « Cleopatra, c'est ma tante. »

— Quelle famille religieuse ! Ta mère aussi était à moitié mystique, non ?

— Oui, mais Cleopatra, c'est la sœur de mon père.

— Il doit être fier.

— Maintenant. Avant, il disait des conneries du genre « Dans cette famille, on est peut-être des junkies, mais sûrement pas des pédés ». La nuit du miracle, un type qui travaille avec lui était au commissariat, il lui a tout raconté ensuite et le vioque s'est mis à réfléchir. « Cleopatra, la folle d'El Poso, a-t-il déclaré au bout d'un moment, ça doit être Carlos Guillermo, ma putain de fiote de frère. » Ça l'a beaucoup impressionné, il est venu lui demander pardon et lui proposer de se venger de ceux qui l'avaient violée. Cleopatra lui a expliqué que non, qu'il faut pardonner, qu'on ne lui avait arraché aucun œil et que les dents, ça faisait un moment qu'elle les avait perdues. Heureusement qu'elle n'a pas accepté la vengeance, le vioque avait parlé sans réfléchir, tu penses bien, il n'aurait jamais pu défoncer un commissariat entier avec détenus et tout.

Je me souviens, avec la légère incrédulité qui naît du souvenir des amours passées, que la verge de Jonás était mon pôle magnétique. Mon corps tendait vers elle avec la certitude d'une boussole, de l'eau qui tombe. Kevin, de nouveau, qui pleurait parce que son Coca-Cola était tombé. On est allés lui en acheter un. « Kevin aussi est un neveu de Cleopatra, le fils de Jessica. » « Petit-neveu, alors. » On ne vivait sûrement pas dans une pub, mais on avait l'air d'une famille heureuse tous les trois en chemin vers la superette.

Un hurlement de Cleopatra a interrompu les pleurs de Kevin, notre chemin et le chœur religieux. On est revenus au cœur du terrain vague, au silence qui avait pour épicentre la figure de Cleo agenouillée dans la boue, les bras tendus en plein dialogue avec l'au-delà. Nous, évidemment, on n'entendait que sa part du dialogue.

— Quoi ? Qu'est-ce que tu dis, Sainte Mère ?

— ....

— Non, je vous entends mal. Que nous semions… Mais où allons-nous semer ? On ne peut pas dire qu'on ait beaucoup de terres par ici ; sauf si on déménage, évidemment. Explique-moi, mère de Dieu.

— ....

— Mais on n'a pas d'eau non plus, par la Sainte Vierge !

— ....

— Pardon, pardon à toi, la généreuse et clémente, celle qui a su vaincre le serpent, je vais la fermer, je vous le jure.

— ....

— Oh ! la la, non, je ne jurerai plus en vain, je vous en prie, parlez-moi, ma mère !

— ....

— Oui, je crois que je comprends, tu es géniale et divine ! Des poissons, bien sûr.

— ....

— Pas panés, les poissons, non. De vrais poissons, à El Poso. Nous serons des pêcheurs, un peu comme les apôtres, ma mère ?

— ....

— Je serai votre Pierre, je porterai sur mon dos le poids de ton Église. Je vous salue, Marie pleine de grâce, le Seigneur est avec vous…

… vous êtes bénie entre toutes les femmes et, bénis, ils ont tous recommencé la prière en refrénant leur curiosité par crainte de la colère de la Vierge ou de celle de Cleo et que ne se frustre l'énorme charge d'espérances que portaient les voix de tous ce matin-là. Le moment a eu quelque chose de sacré.

— Je vous remercie, mère, mais comment fait-on ?

— ....

— Ah… oui, vous avez raison, qu'est-ce que je suis conne, pardon, idiote, il faut qu'on fasse venir un ingénieur. Merci, Vierge chérie, comme tu es bonne, et puis tu penses à tout !

La question nous a unis en silence, j'ai pu y

participer, j'ai été une partie de la communauté interrogative jusqu'à ce qu'un autre hurlement rompe à nouveau le silence. Il n'y a pas de doute : la foi, lorsqu'elle est grande, s'exprime à grands cris.

— Oh ! la la, oh ! la la, oh ! la la ! Je n'y crois pas ! Dieu existe ! Regardez mes jambes !

La chaise avait l'air électrique : Susana Giménez battait des pieds, riait aux éclats et criait : « Je vais marcher, je vais rentrer en prenant l'escalier en marbre, merci, Vierge chérie, merci, Cleo, tu es diviiiiiiine ! »

X

CLEO : « … L'EAU EST ARRIVÉE »

Ce jour-là, l'eau est arrivée, mon amour, la Venise qu'on s'est faite dans la *villa*, ma chérie ! Quel beau champ de boue, mais ça, c'était plus tard et moi je veux être ordonnée et ne pas aller dans tous les sens en m'accrochant aux branches comme toi qui donnes l'impression de raconter un arbre plutôt qu'une histoire. Tu vas dans tous les sens, Qüity, et en plus tu zappes des morceaux : la seule chose importante, ici, c'est que notre histoire a commencé quand la Vierge m'a dit qu'on devait être pisciculteurs comme les apôtres. Quelle diva, cette Susana ! La Vierge lui avait fait son miracle et la Susana avait déjà la manchette pour les journaux, elle hurlait cette folle, on aurait dit une ambulance de Barbie du troisième âge, elle a interrompu ma conversation avec la mère céleste, je me souviens que je me suis énervée à cause des cris, mais Ernestito, que j'avais moi-même baptisé – « À partir d'aujourd'hui tu t'appelleras le Coq et avec ta crête tu surveilleras le poulailler » –, m'a dit que Susy avait juré qu'elle m'emmènerait travailler à la télévision.

J'ai tout oublié et la gamine que j'avais été a ressuscité de joie. Je voyais qu'ils me regardaient tous en silence, alors Ernestito s'est de nouveau adressé à moi, il m'a dit : « Et ? » « Eh bien, je vais être une star, mon beau petit Coq ! » lui ai-je dit en souriant de toutes mes dents comme je souris maintenant sauf que maintenant je souris mieux grâce aux implants d'une blancheur parfaite que j'ai, et la Rousse m'a dit : « Non, idiote, qu'est-ce qu'elle t'a dit, la Vierge, c'est ça qu'on veut savoir », et là je me suis mise à parler, ça il faut que tu le mettes, parce que c'est l'explication de la Vierge, pas n'importe quelle connerie qui te passe par la tête : qu'on se serve du terrain vague pour faire de la pisciculture, voilà ce qu'elle avait dit. C'est pareil que l'agriculture, mais avec des poissons. Ça se fait depuis longtemps, au moins depuis cinq cents ans avant sa naissance, environ quatre cent quatre-vingt-cinq ans avant qu'elle n'ait Jésus. Et qu'on ne croie pas que, parce qu'elle était la Vierge, elle a eu un passe-droit, pour ce qui est d'accoucher elle a accouché dans la douleur comme n'importe qui, c'était un peu comme chier une pastèque, elle m'a dit. Pauvre petite, bonne comme elle est, mais la Bible le dit, non ? Et tout devait être comme c'était écrit, m'a-t-elle expliqué. Elle m'a offert la Bible pour que je la lise. C'est super-long. Je lui ai demandé si elle ne pouvait pas me la fourrer dans la tête d'une autre manière, elle qui fait tant de miracles à gauche et à droite, mais non, elle a dit qu'il faut travailler pour que Dieu remarque notre effort et nous récompense. Je me rappelle avoir crié : « Et je n'ai même pas commencé qu'il me récompense déjà, travailler à la télé ! Il paraît qu'elle te grossit, je vais ressembler à une baleine ? » Mon histoire de baleine a rappelé les poissons à la Rousse, alors elle m'a interrompue : « Cleo, et la pisciculture ? » Et son mari, Ernestito, qui avait pris au sérieux son rôle de Coq et voulait mettre de l'ordre, a ajouté : « Arrête ton bazar, Cleo, on veut en savoir plus à propos des poissons. » Je me rappelle m'être énervée et les avoir insultés, j'ai dit un truc du genre : « Quels égoïstes de merde vous faites parfois, mais je vous aime quand même ; bon, la pisciculture, c'est un peu comme semer des poissons. Ne me regardez pas avec cette tête, les poissons tu les mets dans la flotte, tu leur jettes de la nourriture et ils se reproduisent. Ce qu'on doit faire, c'est un bassin ici, dans le terrain vague ; il s'inonde parce que la terre est très argileuse, ce n'est que de la boue, vous avez remarqué ? Et ça, ça veut dire qu'elle peut retenir l'eau. Et que l'eau on peut la tirer d'en dessous, là où il y a des nappes, j'ai demandé aux dames de l'Espuela qui ont dû enlever les salles de jeux des sous-sols car l'eau y montait ; la Vierge dit qu'elles l'ont beaucoup priée en lui demandant de ne plus être inondées. » Et c'est là que Mme de Alagarquetea a ramené sa fraise – tu te souviens de cette vieille, Qüity ? –, elle a donné du crédit à mes propos : « C'est la pure vérité, ma chérie, une honte ; le billard de mon mari, que lui avait ramené de Paris il y a deux cents ans son aïeul, le papi Marcelito T. de Alvear, a pris l'eau. Tu te rends compte de la perte. Heureusement que l'épée de mon aïeul, Justo José de Urquiza, celle dont il s'est servi à la bataille de Caseros pour vaincre Rosas, le tyran, était dans mon bureau, car si elle prenait l'eau elle aussi, j'en mourrais.

Une relique de l'héroïsme argentin ! Un morceau d'histoire ! Tout ça pour vous faire voir que vous n'êtes pas les seuls à être inondés, l'eau nous affecte tous de la même façon. Mon mari est entrepreneur dans le bâtiment, il est ingénieur, si je lui dis que c'est à cause de la Vierge, il nous aidera sûrement à construire le bassin. Quels poissons devons-nous cultiver, ma chérie ? »

« Ma chérie, lui ai-je dit moi aussi, c'est vrai que l'eau nous inonde tous, mais tu dois te rendre compte que ce n'est pas la même chose de perdre une table de l'arrière-arrière-grand-père que de perdre le grand-père sous l'eau, ce sont deux sortes d'antiquités différentes, tu comprends ? » Elle a fait la tête de celle qui avait compris la différence, alors j'ai poursuivi : « Elle a dit qu'on devait élever des poissons comme ceux du Parc Japonais, comment s'appellent-ils ? Râpes ? Harpes ? Parques ? Carpes ! Oui, elles sont magnifiques, tout orange et rouge, avec des taches blanches je crois, je ne m'en souviens pas bien, tu te rappelles, Ernestito ? Quand on était gosses, on sautait par-dessus le mur, on se glissait dans le parc et on leur donnait à manger, elles mangent n'importe quelle saloperie, on leur jetait ce qu'on mangeait, nous, hot-dogs, sandwichs, et elles mangeaient tout, sauce comprise. Si tu mettais la main dans l'eau, elles te léchaient les doigts. » « Bien sûr qu'on s'en souvient, Cleo, mais pourquoi des carpes ? La Vierge t'a dit pourquoi ? » a demandé Ernestito. « Vous êtes vraiment casse-couilles. Qu'est-ce que j'en sais, moi, pourquoi des carpes. C'est des beaux poissons, que voulez-vous de plus, bordel, qu'on cultive des dauphins au milieu du terrain vague ? La Vierge a dit des carpes, pas des requins ni des baleines, alors arrêtez de m'emmerder. Vous ne pouvez pas remettre en question le moindre mot que prononce la Sainte Mère. »

XI

QÜITY : « DANS L'HUMUS INOUÏ »

Dans l'humus inouï
De cette pampa si belle
On a creusé avec nos pelles
Et une source a surgi :
Plus forte qu'un jet aspergeant
Mieux que du gaz hilarant
L'eau minérale a jailli
Miracle rafraîchissant
Comme les vagues du Jourdain.

Le jet a éclaté les entrailles de la terre, rompu le tissu d'os, de racines, de morts et de vers : c'était une véritable fête d'ordures anciennes et d'archéologie contemporaine. En haut, là où le jet ne pouvait plus continuer de monter et se répandait sur lui-même, ont flotté pendant des jours deux canons, une cuvette, un journal, un chaudron, une croix en or et en diamants et un baril d'huile. Tout ça avait fait partie des choses ramenées d'Uruguay par Liniers pour se battre contre les Anglais, ce qu'on a appris lorsque sont venus les archéologues de la faculté avec de grandes échelles et qu'ils ont pu arracher au jet ce qui de leur point de vue était à eux.

Curieusement, ont-ils dit, n'avaient été trouvés que des éléments du début du XIXe siècle et de la fin du XXe et du début du XXIe, comme si pendant presque deux cents ans personne ne s'était arrêté ici, comme si cela n'avait été qu'un chemin, ou comme si les gens de la *villa* avaient installé leur campement dans une rue ou comme si la *villa* était une espèce de piquet de grève permanent. Que la *villa* fût plutôt moderne, ça se voyait aux matériaux des maisons, ont dit quelques autres, ce à quoi Cleo a objecté non sans raison de ne pas dire de conneries, que les matériaux étaient toujours plus ou moins nouveaux car tout était régulièrement balayé par une tempête, que la misère ne s'édifiait pas avec les mêmes choses que le Taj Mahal, qu'où donc avaient-ils vu les ruines des bidonvilles de l'Empire romain, que la misère pourrit, brûle et s'envole, qu'ils n'avaient qu'à se rappeler Mme Berreteguy Lady, morte décapitée par une tôle volante venue atterrir juste dans son jardin d'hiver, la seule partie non blindée de toute sa résidence. Le reste de ce que le vent avait emporté ce jour-là a buté contre les maisons de ces messieurs qui ont tout rassemblé et l'ont donné à Caritas, ce qui a déclenché un sacré foutoir ensuite car l'Église a réparti les choses selon son bon vouloir, sans respecter la propriété pré-tempête, sûrement pour éviter les polémiques à propos de son ingérence sur ce terrain, celui de la tempête je veux dire, on sait bien que cela a fait l'objet de nombreuses disputes entre laïcs et clergé. Maintenant, quand il y a une tempête, ils ferment les portes du temple, rangent les cloches et s'en vont regarder la télé. Il y avait autant de graffitis sur les canons que sur les rochers de Mar del Plata : « Marine royale espagnole », « Les Anglais sont tous de la jaquette », « Vive le roi », « Réaliste et royaliste jusqu'à la mort, jamais naturaliste », « Napoléon peut aller se faire pendre ailleurs », « Le soldat qui fuit le combat retournera sur le champ de bataille » étaient lisibles au premier coup d'œil. Les gars de la faculté d'archéologie sont entrés en roulant des mécaniques pour emporter ce qu'ils croyaient leur. Évidemment, ils se sont enterrés dans la boue sans fond qui allait servir de base au bassin et il nous a suffi de les entourer et de les regarder fixement pour leur faire comprendre que tout ce qu'ils pourraient trouver nous appartenait. Ils sont revenus le lendemain, ont installé un bureau démontable en tôle et ont étudié nos reliques *in situ* ; aucun syndicat d'étudiants n'allait pardonner aux autorités académiques une alliance avec les forces de répression et à la *villa* nous en avions plusieurs qui militaient et nous étudiaient. Le jet n'a jamais cessé, on dit qu'aujourd'hui encore il pourrit les fondations du quartier de bourges qu'a fait construire le Chef ; nous, ce jet, on l'a simplement contenu avec des murs et on lui a construit un écoulement qu'on a raccordé à la bouche d'égout la plus proche, « une eau lave l'autre et les deux partent dans les canalisations », a dit John-John, lequel, lorsqu'il ne travaillait pas en tant que force de répression, nous aidait, repenti comme il l'était de ses péchés d'avant, « tu n'imagines même pas, gamine, toutes les petites que je me suis tapées, mais Dieu m'a puni car se taper des petites qui ne veulent pas c'est une violation des droits de l'homme qu'on nous enseigne à l'école », « oui, John-John, violer c'est mal », « et mon p'tit oiseau a arrêté de chanter et il est mort, pendant dix ans il est resté muet, jusqu'à ce que Cleopatra me pardonne et alors là, ç'a été magnifique, on aurait dit un chardonneret ! On aurait dit un pingouin ! Ça chante, les pingouins ? Ça existe les pingouins ? La patronne, elle attend un bébé maintenant, on va l'appeler Diego María ; Diego à cause du numéro 10, qui venait juste d'avoir soixante-quinze ans le jour où la Jennifer Teolinda m'a annoncé qu'elle était enceinte, et María à cause de la Vierge », « et si ç'avait été une fille ? », « on l'aurait appelée María Dieguina », disait John-John avant d'éclater de rire avec toutes les dents postiches qu'il avait achetées à crédit à la mutuelle Sangre Azul. Pauvre John-John, depuis qu'il avait recommencé à croire en la Vierge, c'en était fini des jobs au noir et des avantages en nature, « *no way*, José, disait-il de temps à autre, on ne peut pas gagner de l'argent en étant policier sans violer d'une façon ou d'une autre les lois de Dieu, le salaire qu'on te paie ne suffit pas pour vivre légalement, mais moi je ne viole plus, et puis on peut pas dire qu'on me payait pour ça », disait-il, et il s'attrapait le paquet pour se protéger des tentations et des châtiments.

On a ajouté une commission supplémentaire à toutes celles qu'on avait déjà, travestis, Paraguayens, racailles, Péruviens, évangélistes, Boliviens, Ukrainiens, Portègnes, catholiques, putes, originaires de la province de Corrientes, umbandas, cartonniers[1], originaires de la province de Santiago del Estero,

1. Néologisme pour désigner les *cartoneros* qui sillonnent les rues de Buenos Aires avec leurs charrettes à bras dans lesquelles ils entassent le carton et le papier qu'ils récupèrent pour le revendre au poids.

et toutes leurs combinaisons possibles ; la nouvelle commission historique s'est chargée de travailler avec les archéologues, tout heureux de pouvoir enseigner leur science à la communauté et la communauté a été enchantée d'apprendre quelque chose qui ne soit pas un stage avec pseudo-débouchés dans le monde du travail, des débouchés si difficiles que même Thésée n'aurait jamais trouvé un job dans un tel labyrinthe : couture, initiation à l'informatique, au bricolage, au tricot, à la nutrition consciente et tout le reste des conneries que selon nos gouvernants les gens des *villas* ont besoin de savoir. Ç'a été la frénésie, on a creusé, bouché, déplacé les cases d'ici vers là et divisé le terrain en carrés parfaits avec des petits fils et alors des choses de toutes les époques ont sérieusement commencé à apparaître, surtout des os, des os de morts, bien sûr, « ça doit être pour ça que la fertilité de la pampa n'a pas de limites », a dit Daniel et Jonás lui a répondu oui, « comme la récolte de femmes », qu'il lui a dit avant de partir en chantant ; Daniel a ri : « Quel crétin ton mec », « oui, je lui ai dit, la spéculation théorique n'est pas son fort », et tandis qu'on parlait on fourrait les os des morts dans des sacs, ce qui se faisait avec des gants et des petites brosses, « ces morts sont fous, leurs os sautent comme des poux », on chantait parfois tandis qu'on jouait aux anthropologues légistes, qui sont d'ailleurs également venus et étaient fascinés. On avait des morts de l'intérieur des terres et de l'extérieur, des morts de toutes les couleurs, des morts mutilés de la dernière dictature, des morts arméniens du génocide dont personne ne se souvient, des morts de faim des derniers gouvernements démocratiques, des morts noirs du Rwanda, des morts blancs de la révolution à Saint-Pétersbourg, des morts rouges de toutes les révolutions de partout, on a même trouvé une dent de Spartacus, des morts unitaires avec l'épi de la Mazorca dans le cul, et des morts indiens sans oreilles, il y en avait un paquet de ceux-là, c'était ce qu'il y avait le plus, « ils sont les racines de la prospérité du grenier du monde », ai-je dit et les anthropologues ont ri, « ils sont un peu secs, non ? Il ne nous reste même plus les racines ». Quand on a raccordé l'écoulement à la bouche d'égout, plusieurs morts ont débouché dans la mer et qui sait s'ils n'ont pas émigré ou même fini par échouer sur leurs terres d'origine ; les morts voyagent peut-être ainsi.

Cleo est intervenue : « J'en ai marre de marcher sur des étrons, aucune chaussure ne peut résister à ça, tout est plein de merde partout, elles finissent par se trouer, même les meilleures ; regarde les Sarkany que m'a offertes Susana, je les ai mises deux fois et la troisième un étron vert me les a mordues, sérieusement, je ne sais pas ce qu'il leur a fait, comme si un tigre s'était précipité dessus, et puis les mioches qui se fourrent tout dans la bouche sucent de la merde dès la naissance. » Alors elle a proposé : « Pourquoi n'installerait-on pas des tuyaux qu'on ferait sortir hors des murailles ? J'ai demandé à la Vierge et elle m'a dit d'accord, que ce n'était pas hygiénique de vivre comme ça et que, selon ses souvenirs, il n'y avait qu'à Avignon, il y a au moins six cents ans, qu'elle avait connu quelque chose de semblable, lorsque la papauté y était installée et que même ce couillon de Pétrarque se plaignait des étrons. Tu sais qui c'était, ce couillon de Pétrarque,

Dani ? » « Oui, Laure », a répondu Daniel, et il s'est mis à réciter : « Offre ta main aux fatigues de l'esprit / Amour, et à un style fragile et épuisé, / pour chanter celle devenue / l'immortelle citoyenne des cieux. » « Il écrivait à Evita ? » « Non, à Laure, il était amoureux d'une certaine Laure, ce couillon de Pétrarque. » « Ah, c'était un romantique ! Tu crois que la Vierge elle les trouve couillons, les romantiques ? » Daniel et Cleopatra pouvaient parler des heures, ils trouvaient toujours quelque chose à se dire.

XII

CLEO : « JE SAIS »

Je sais comment vous vous êtes connus : Daniel me l'a raconté, gamine, qu'est-ce que tu crois, tu parles toujours comme si tu étais la seule à avoir des amoureux. Moi aussi j'en ai eu : le père Julio et Daniel. Oui, Qüity, je sais ce que tu vas me dire, que l'Église et la police voulaient me la mettre. Et, oui, ils me l'ont mise, mais ça leur a coûté. Oh ! la la, ça va, je ne sais pas comment ça fonctionne, mais je te fais mon enregistrement et c'est comme si j'entendais ce que tu me répondrais si je te le disais directement : tu t'énerves pour un rien, amour de ma vie, comme si tu ne savais pas qu'avant la Vierge j'étais pute. Mais bordel, tu crois qu'on vit de quoi, nous les travesties, mon amour ? Tu penses peut-être qu'il suffit de répondre à une annonce de secrétariat dans le journal et qu'ensuite on te dit : « Bienvenue, mademoiselle » ? Tu en as vu beaucoup qui travaillent dans les entreprises, toi ? Celui qui aimait se la faire sucer par la Rousse, c'était le chef Juárez, le gars que Daniel a assassiné, ma vie, et toi tu l'as vu et comme tu n'as rien fait pour l'empêcher, c'est comme si tu l'avais tué toi aussi,

Qüity, je passe mon temps à prier la Vierge pour qu'elle demande à Dieu de te pardonner, mais elle dit que Dieu n'aime pas ceux qui font justice de leurs propres mains même si parfois il comprend si c'est au nom de Dieu, sauf que toi tu ne l'as pas tué au nom de Dieu mais en ton nom propre, Qüity, c'est ce que dit la Vierge et je crois que je vais devoir la prier jusqu'à mes quatre-vingts ans. Je sais bien que ce n'est pas toi qui as tiré de tes propres mains, mais tu savais que Daniel allait le tuer et tu ne m'as rien dit, moi je l'aurais convaincu de venir ici et il ne l'aurait pas tué du tout, ce fils de pute de Juárez. Et toi, que dalle, tu ne m'en as pas touché un mot parce que tu pensais sûrement que ce serait mieux pour ton bouquin si quelqu'un le tuait, ce fumier-là, et puis tu n'as pas d'imagination, tu as besoin que les choses aient lieu pour pouvoir les écrire.

Alors je dois prier la Vierge pour toi aussi, tous les jours, et elle ne veut rien savoir. Et ne commence pas à m'insulter en entendant ce que je vais te dire maintenant ; moi aussi je suis sa mère et j'ai le droit de transmettre ma foi à ma fille, tu comprends ? Si la gosse croit tant en Dieu, c'est parce qu'elle passe son temps avec moi alors que toi tu t'en fous, n'empêche que Cleopatrita prie aussi pour toi et parle avec la Vierge qui aime les enfants, elle n'est pas la mère de l'humanité pour rien, et Jésus aussi les aime, tu as vu qu'il a dit : « Laissez les petits enfants et ne les empêchez pas de venir en moi. » C'est pas ça qu'il a dit ? Il a dit « à moi » ? Le père Julio me l'a mal enseigné. Tu as raison, c'est de Dani qu'on parlait. Je sais quelque chose que tu ne sais pas. Ça, tu dois le mettre, mais le mettre comme je te le raconte. Il t'a sauvée le jour où tu as tué la fille cramée par la Bête, ce monstrueux fils de pute, l'employé du siècle du Chef. Je ne sais pas pourquoi il t'a sauvée. Il te connaissait, il avait de la tendresse pour toi, il faut croire que tu ressemblais à Dianita, sa fille ; cette nuit-là, il t'a prise en photo, amour de toutes mes vies, celle que j'ai dans mon portefeuille, en plus de celle de Cleopatrita. Ce que tu décris comme une tache d'encre, c'est ton aura, parce que tu as beau être incroyante, tu as une bonne âme dans le fond.

Il était là, dans la *villa*, à prendre des photos d'auras en espérant trouver un nouveau Messie ou va savoir ce qu'il voulait trouver, il n'était pas une bonne âme mais il voulait trouver le bien quand même, je crois qu'il aurait aimé être vigile du paradis ou un truc dans le genre, ce qu'il n'avait visiblement pas trouvé dans son quartier fermé de Quilmes où il avait une sorte de résidence, t'as vu la baraque qu'il se tapait ce cinglé, de toute beauté, tout rutilait, même les torchons étincelaient de blancheur. Daniel disait : « Tout brille, sauf mon âme » et je crois qu'il cherchait une bonne raison d'avoir l'âme sombre, « je ne peux pas avoir l'âme lumineuse puisqu'on a tué ma fille » ; il en était convaincu, il me l'a dit un jour en pleurant. Il voulait être comme l'armée du Christ mais ne pouvait pas car il n'était pas vraiment croyant. Il me disait : « Il me manque la foi pour être un croisé. » Oui, tu as raison quand tu dis qu'avec ou sans foi un croisé reste un boucher, mais sans foi c'est pire que pire, Qüity.

Je n'ai aucune putain d'idée de ce qu'il y avait en nous qui plaisait à Daniel, je ne sais pas non plus ce qui te plaisait à toi, mais je m'en doute un peu, on était des poules aux œufs d'or pour toi ; pas pour lui, le fric ne l'intéressait pas et être célèbre encore moins, il allait d'un bout à l'autre de la *villa* en trimballant son petit appareil photo, en quête de bonnes âmes, va savoir dans quel but il les cherchait. Dani disait que la plus grande aura qu'il avait jamais vue était la mienne et qu'ensuite c'était la tienne, qu'au moment où tu avais donné le coup de grâce à cette fille tu étincelais comme une comète, qu'il ne t'avait plus jamais vue briller ainsi, qu'avec Jonás dans les parages tu virais au rouge, mon aimée, encore heureux qu'il ne t'ait jamais prise en photo avec moi en toi parce que sinon, plutôt que rouge, il t'aurait vue incandescente comme du métal en fusion, il faut dire que tu aimes ça, s'il savait.

Oh ! la la, excuse-moi, mon portable sonne, je vais l'éteindre, cette saloperie sonne très fort, on dirait une alarme, ça y est, je continue de te dicter, Qüity, et retranscris-moi bien car je relirai ensuite ce que tu as mis.

Le truc, c'est qu'il t'a vue sur l'écran de son appareil Kirlian et qu'il s'est pointé quand tu partais en courant, qu'il a brandi une carte de flic sous le pif des types de la Bête pour les stopper et leur a dit : « Cherchez par là-bas, le proxénète l'a cramée », alors que Crónica TV était déjà là à filmer avec ses caméras de télévision et ils n'ont pas compris pourquoi ce type faisait ça, mais en voyant qu'il ne les accusait pas, ils ont décidé de lui coller au train et de jouer les justiciers. Quand les poulets sont arrivés, ils étaient déjà les héros de la semaine, le corps de la fille ne fumait plus et toi tu étais chez toi à dormir, ma main à couper, je te connais, convertie en autruche par une bonne dose de ces comprimés que tu prends quand tu ne supportes pas la pression. C'est pour ça qu'il t'a laissé mille messages, il voulait savoir comment tu allais, et pour te consoler il t'a proposé de regarder toutes ces vidéos interdites pour tout le monde sauf pour eux. Et toi, qui te tamponnes de tout et n'es pas curieuse, à cette époque tu étais pleine d'ambition et tu as pensé avoir trouvé l'article de l'année quand il t'a parlé de moi, tu sais bien que je le sais, c'est ce qui t'a plu de nous deux au début. Et je ne sais pas si autre chose t'a plu ensuite, bon, oui, je crois que oui, toi aussi tu es tombée amoureuse de moi, tu m'aimes, à ta façon. Et tu vois, tu t'es dégotté le meilleur sujet d'article, la meilleure gonzesse et la plus grande teub de toute la banlieue de Buenos Aires, tout ça pour le même prix, mon petit oiseau.

XIII

QÜITY : « CE QU'ON AVAIT À LA *VILLA* EST PERDU »

Ce qu'on avait à la *villa* est perdu, oui, de même que le paradis est perdu et que sont perdus ses prés, l'ombre de ses arbres, les branches qui ployaient sous le poids des fleurs, les fruits qui brillaient comme des joyaux, les oiseaux qui chantaient comme des anges. Et ses fleuves puissants qui n'inondaient ni ne calmaient la soif de personne car personne n'avait soif, ses bêtes qui ignoraient la faim et vivaient en paix, ses couples qui ignoraient le sexe, son doux climat. Et ses arbres, enfin, celui du bien et du mal et celui de la vie. Il reste bien des arbres dans le monde, comme on sait, mais plus de semblables. Dans les *villas*, plus spécifiquement, il n'y a aucune sorte d'arbres. El Poso ne faisait pas exception. Ensuite, on en a planté. Transplanté, pour être précise, mais même avec la dizaine de ficus, les milliers de géraniums et d'impatiences dans des boîtes de conserve qu'on a posées autour du bassin, le bidonville ne s'est pas transformé en un *locus amoenus* ; il n'avait de similitude avec le jardin d'Éden que par la proximité de la divinité, puisque la Vierge a quelque chose d'une déesse, bien qu'elle ne fasse pas partie de la sainte Trinité et qu'elle soit beaucoup plus jeune que Jéhovah.

Maintenant, peut-être, la *villa* ressemble un peu plus qu'alors au paradis, mais seulement en ce qu'elle est perdue et regrettée, même si, parfois, munies de martinis et d'une vue imprenable sur les Caraïbes, on se met à planifier la nouvelle *villa*, à réfléchir au moyen de recréer ce qui a été nôtre. Pour commencer, on ne part pas de rien : des bidonvilles, des bidonvilles et encore des bidonvilles. Si on a le moindre doute, il suffit de suivre les courbes de la répartition de la richesse en Argentine.

Et si jamais quelqu'un ne se satisfait pas des graphiques, qu'il sache que Cleo dit que la Vierge dit qu'il y a chaque jour davantage de *villas miserias* à Buenos Aires et qu'elles continuent de ressembler autant au jardin d'Éden qu'un singe ressemble aux fusées qui emmènent des touristes sur la Lune.

Il faut dire qu'on manquait d'arbres, d'un dieu, de lions allaitant des agneaux, d'armées de chérubins assassins et d'une épée flamboyante. Et notre différence ne naissait pas seulement du déficit : ce qu'il y avait en abondance n'était pas non plus un reflet du quartier fermé d'Ève et Adam. Personne n'attend d'un Éden qu'il pue la merde, pour citer une des abondances qui empêchent la comparaison. Car puer la merde, ce n'est pas simplement désagréable ; puer la merde, c'est puer la décomposition, la mort *in progress*.

Pas que j'espérais, comme Dante, que « la marguerite nous reçût au-dedans de soi, comme l'eau, sans se diviser, reçoit un rayon de lumière ». En guise de Béatrice, Cleo était plutôt bizarre. Et puis moi je faisais un drôle de Dante. La question, c'est que je n'attendais rien, ni marguerite ni que dalle, mais quelles belles fleurs on aura eues à la *villa* ! Elles n'étaient pas éternelles, pas même pendant quinze jours, on vivait en harcelant les pépiniéristes pour qu'ils nous filent des impatiences, des pétunias, des primevères et des tulipes. Oui, des tulipes aussi : ma Cleo se prenait parfois pour une Hollandaise. Je ne faisais pas partie de la commission des décorateurs, mais je sais qu'ils allaient toutes les semaines chercher des plants car j'ai été en revanche à la tête de la commission des relations institutionnelles pendant tout le temps qu'aura duré ce paradis. Et j'ai passé mon temps à essayer de calmer ceux qui en venaient aux insultes parce que les gamins y allaient un peu fort avec les menaces. C'est là que j'ai connu Wan. Ensuite, il est retourné en Chine et ce fils de pute a ouvert un supermarché argentin. Naturellement, il vend des calebasses traditionnelles, de l'herbe à maté et je ne sais quoi encore qu'il fait passer pour les ingrédients d'un *asado*, et puis du vin et du pain français, tout ça à des prix astronomiques. Il vend même des *choripanes*[1] à Pékin, Wan ! Vraiment, les hommes nouveaux de Chine adorent consommer du luxe.

On continuera plus tard avec Wan, je voudrais finir : la *villa*, pas même maintenant, alors que plus un seul morceau de tôle ne tient encore debout, alors qu'elle est aussi perdue que lui, ne ressemble au paradis. Mais la chose étrange, c'est qu'elle y ressemblait quand même un peu, il y a eu là-bas

1. Équivalent argentin du hot-dog.

quelque chose de l'ordre du sacré et ce n'était pas la Vierge. Bon, la Vierge aussi.

Tout se reproduisait, on aurait dit Amsterdam avec toute cette flotte, toutes ces fleurs et toute cette fumée de marijuana, mais rien ne se multipliait comme le faisaient les carpes dans notre monde qui, j'insiste, ne ressemblait pas une seconde à celui de la Bible. Près de Dieu, entre le Tigre et l'Euphrate, ils baisaient autant ? Dans l'Olympe, on sait que oui, que des prés parfumés poussaient là où Zeus et Héra avaient batifolé. Dans le ciel des musulmans, je suppose que c'est le cas aussi, car sinon à quoi bon promettre soixante-dix vierges à chaque guerrier qui meurt au nom d'Allah ? Pour qu'elles leur préparent le maté ? Cleo, tu pourras demander à la Vierge pourquoi les Arabes ressuscités veulent autant de gonzesses ? Elle doit savoir. Elle doit vivre dans le même quartier.

Nous aussi on baisait, naturellement, mais on ne se reproduisait pas, il s'est passé ce qui se passe toujours avec l'abondance : on s'est consacrés exclusivement au plaisir. Et à manger de la carpe en ragoût, en vinaigrette, en chop suey, en pot-au-feu, avec de la sauce aigre douce, en macédoine, sautée aux légumes, avec de la polenta, en ceviche et, bien entendu, grillée. La Rousse, Dani, le Coq et Cleo ont passé deux jours enfermés avec Wan pour apprendre les recettes. Deux jours entiers à Hermosura, le supermarché chinois que tenait notre Chinois à deux cents mètres de l'entrée principale d'El Poso. C'était un hangar de merde où il vendait des cigarettes à l'unité, des demi-paquets de café, de pâtes, de riz, du vin en cubi, et de la teinture blonde car, à la *villa*, elles voulaient toutes être blondes, comme presque partout. Il y avait de la musique aussi, à Hermosura : l'endroit baignait dans une musique horrible, une sorte de feng shui fonctionnel d'évangélistes chinois que notre Taïwanais appréciait beaucoup. Il passait des heures et des heures à la caisse à fredonner en rangeant les billets et en souriant à tout le monde. « C'est difficile être étranger », nous a-t-il expliqué ensuite. On sait maintenant qu'il ne mentait pas.

Deux femmes d'El Poso qu'il employait au supermarché lui ont raconté notre projet piscicole. Wan a été enchanté, il en a fait une affaire personnelle et s'est appliqué laborieusement comme s'il était vraiment concerné. Sans trop donner d'explications, hormis un nostalgique « papa Wan carpes Taïwan », il a rejoint les troupes d'El Poso : il se présentait tous les jours avec ses sept enfants pour nourrir les carpes qu'on était parvenus à voler au Parc Japonais. Il n'était même pas importuné par le fait que la *villa*, non contente de le fournir en employées pas chères, le fournissait également en petits voyous qui le dévalisaient de temps à autre. Il se contentait de saluer d'un « Je connaître toi, plus voler Wan » ceux qu'il croisait dans les allées ; qui sait, peut-être qu'il considérait que le travail des mères compensait les agissements des fils, ou prétendait qu'ils le laisseraient en paix une bonne fois pour toutes. Ce qu'ils ont fait, naturellement : comme il le disait lui-même, « moi chinois, pas couillon ».

Il est certainement parti pour les mêmes raisons que nous, un mélange de peur, de dégoût et d'envie de continuer à vivre. Allez savoir, peut-être la Vierge le lui aura-t-elle ordonné aussi, comme l'affirme mon aimée, même si Wan ne croyait pas en Sainte Marie. Il était content en Argentine : « Chine impôt enfants, disait-il, beaucoup de gens, tous entassés. Ici, beaucoup vraiment mieux. »

Au Parc Japonais, on y est allés le Coq, Daniel, la Rousse, Cleo, Wan, Helena, le Petit Taureau et moi. Il faut dire la vérité : c'étaient les carpes qui se reproduisaient le plus, oui, mais c'étaient Helena et le Petit Taureau qui baisaient le plus. Je ne sais pas pourquoi ils sont venus ce soir-là : ils se sont mis à tirer un coup sur un petit pont en bambou, sont tombés dans l'eau et à partir de là n'ont plus arrêté de rire. De toute façon, trouver les carpes n'aura pas été difficile. Encore que la Rousse ne serait peut-être pas d'accord avec moi : elle a dû séduire les deux vigiles, « je les aurai liquidés tous les deux en quinze minutes, dépêchez-vous parce que ça me dégoûte un peu de me taper ces gardes-chiourmes », a-t-elle dit à voix basse avec une bite de policier dans chaque main. C'était le prix d'entrée au parc à minuit.

Cleopatra s'est mise à prier la Vierge pour lui demander pardon, « parce que voler c'est pas bien et tailler des pipes aux vigiles encore moins ». Wan, qui n'avait presque jamais rien à dire, du moins en castillan, a trouvé nécessaire de clarifier : « Moi, Jésus, la Vierge, pas croire » et Cleo a interrompu sa communication avec la Sainte Mère pour le regarder avec des éclairs dans les yeux. On est intervenus et on leur a rappelé que Dieu est amour, que les différences n'importent pas tant qu'on aime son prochain. On a été convaincants. Cleo a recommencé à prier et Wan à choisir les carpes « plus bonnes, plus d'œufs, plus de petits ».

Il a dû faire une bonne sélection : on a emporté une vingtaine de carpes replètes et tout en couleurs fourrées dans des sacs en plastique avec de l'eau. C'était en novembre et en mars on en avait mille deux cents.

XIV

QÜITY : « TIENS BON, VIERGE DES GUEUX »

Tiens bon, Vierge des gueux
car cette cathédrale de misère
is a very serious thing
même si une fête sans fin
de dope et de bière
nous défonce bien dégueus.

Elle se reflétait dans l'eau trouble du bassin. Elle regardait vers le bas, les mains tendues, toujours prête à offrir un refuge. Parfois, quand il pleuvait, les gamins nouaient une bâche entre ses bras et se montaient ainsi une belle petite tente. Ils ont beau être des voleurs et des racailles de bidonville, les gosses aiment jouer.

Comme un Narcisse pauvre habillé en Ekeko[1], dans l'eau trouble du bassin, disais-je, la Vierge d'El Poso se contemplait jour et nuit. Et, jour et nuit, les carpes brouillaient son reflet de leurs petits

1. Dieu de l'abondance, de la fécondité et du bonheur dans la mythologie inca. Très populaire en Bolivie sous forme de petites statues porte-bonheur aux bras couverts de paquets.

sauts blancs, orange et rouges. Et marron, aussi, à cause de la boue que soulevait leur voracité fébrile. Les voisins s'occupaient de la Vierge. Ils lui mettaient un imperméable s'il pleuvait, un pull-over s'il faisait froid. La Sainte Mère remarquait-elle sa silhouette d'épouvantail ?

Pour Noël, ils ont emberlificoté des guirlandes lumineuses dans les rayons dorés qui symbolisaient sa virginité, comme je l'ai appris beaucoup plus tard. Pourquoi des rayons, Cleo ? ai-je demandé. La virginité de la Sainte Mère était-elle brillante ou courageuse ?

Elle n'était pas la seule à regarder le bassin. La *villa* entière le regardait. Le chaos du bidonville s'était ordonné comme si les années de misère et de précarité, les allées jonchées de merdes, les morceaux de tôle, les briques de toutes sortes et de toutes tailles, les murs disjoints, les gamins en roue libre, tout cela n'avait pour origine que l'absence du bassin. Dès son achèvement, chaque chose a semblé faire partie d'un plan, de quelque chose avec un sens et des objectifs. Comme si ce misérable labyrinthe avait répondu à un design concerté, la misère s'est mise à passer pour de l'austérité.

« Le bassin c'est la *villa* et la *villa* c'est le bassin », disait Daniel ; d'une certaine façon, Cleopatra a pensé la même chose et a couronné cette mise en abyme en plaçant une autre Vierge sur le mur d'enceinte : un rectangle en contenait un autre et les deux étaient protégés par une Sainte Mère. Les gamins sont restés entre ces deux mères. Ils voulaient pomper l'eau, monter la garde, alimenter les poissons, organiser les récoltes. Eux aussi se sont vus et se sont trouvés dans le miroir du bassin, jusqu'aux plus terribles prévisions. Car ils savaient à qui ils avaient affaire et se sont rendu compte que nous n'échapperions pas au filet, ce qui ne les a pas empêchés de rester, entre les deux Vierges, prêts à se battre.

La vie avait commencé à leur plaire au sein de cette communauté éleveuse de carpes : passer à la télé lorsqu'on venait faire des reportages sur notre entreprise piscicole, coucher avec les filles de la faculté qui se pointaient parce qu'on était utiles à leurs articles et les regardaient tous comme des héros. Ils se sentaient heureux. On trouvera peut-être que c'est peu, mais il n'y a pas grand-chose de plus à demander. Les saints aussi sont restés : ils les ont placés sur le mur d'enceinte pour que la Vierge ne soit pas seule là-haut et « pour qu'ils s'occupent de nous pour toujours », disait en riant le Coq qui se signait tout en mettant du ciment sur leurs pattes béates : quarante saints aux saintetés les plus variées nous regardaient et se regardaient, en sus des caméras de police et de télévision, qui, elles aussi, nous regardaient, se regardaient et se dupliquaient dans le bassin.

Depuis l'autoroute, on voyait les saints de dos, dressés sagement au-dessus des panneaux publicitaires qui, eux, étaient de face. Baltasar Postura, le maire, avait décidé de tirer profit de chaque centimètre du mur ; les saints avaient l'air de nains concentrés sur l'intérieur de la *villa* et bien leur en prenait puisque les gens de l'extérieur avaient déjà les églises et leurs saints sculptés dans le marbre, le bois, le plâtre.

Ceux de dehors, ceux qui voyaient les nuques de nos saints en ciment, ceux des cathédrales, ceux qui se reflétaient dans les panneaux publicitaires comme nous nous reflétions tous dans le bassin, ont commencé à parler des « saints moricauds » et de la « cathédrale des gueux ». Quand on voyait son effigie à chignon sur les murs des baraques, on se demandait ce que ferait Evita si Evita vivait : emmènerait-elle Cleo travailler coude à coude avec elle dans sa fondation ? Nous lâcherait-elle depuis ses avions Pulqui I et II[1] une pluie de cadeaux ? Emmènerait-elle le Petit Taureau dans la résidence présidentielle d'Olivos ? Viendrait-elle jeter des gravats dans les jardins des résidences dont nous n'étions séparés que par un mur et quelques milliers de dollars de revenus par tête de pipe ? Si Evita vivait, nous serions péronistes.

« Et ne parlons même pas de comment se sentirait le Che », disait Daniel chaque fois qu'on voyait son effigie barbue sur les biceps des gamins. Ils copiaient tous ceux de Maradona, ils voulaient avoir le même tatouage que le bras de Dieu qui venait justement à cette époque-là de rejoindre l'immortalité avec un plumeau dans le cul, deux adolescentes cachées dans un placard, en pleine ascension d'un rail généreux, long et gros. « Le vieux fils de pute, il doit prendre de la coke de première, ici ils en crèvent tous à trente ans », a dit Jonás. « Toi, tu oublies que c'était un sportif, *mens sana* dans un *corporus sanus* », lui a répondu Cleo sans trop penser à ce qu'elle disait. Elle voulait convaincre les gamins de faire du sport, elle pensait que taper dans un ballon plutôt que fumer du crack, c'était

1. Avions de combat à réaction conçus par l'ingénieur allemand Kurt Tank à la demande de Perón.

la garantie du salut. Elle leur faisait des sermons, les gamins l'écoutaient et petit à petit ils étaient « sauvés », disaient-ils, plongés eux aussi sans s'en rendre compte dans le champ sémantique du salut.

Aussi gloutons et colorés que nos poissons, on mangeait ensemble midi et soir ; on mangeait tous, d'une façon ou d'une autre il y avait assez et en plus c'était bon. « La multiplication des carpes », disait Daniel avec une certaine résignation quand il regardait les interminables alignements de poissons étendus sur dix mètres de gril improvisé. L'*asado* était notre forme de prédilection, les gourmets de la *villa* avaient leur Décalogue secret pour griller à peu près tout. On a échappé de justesse au chat grillé. Le feu, on le faisait avec ce qu'on trouvait dans la rue : des journaux pour l'allumage et du bois. Ces sauvages ont coupé la moitié des arbres du quartier. Ça parlait à tue-tête sur cette longue table faite de planches et de tréteaux, la musique n'était éteinte que lorsque Cleopatra, le matin et le soir, priait au bord du bassin, entre Jésus et sa mère. Parfois, quand la fête ne devenait pas hors de contrôle, après dîner, elle nous racontait quelques-unes des choses que lui racontait la Vierge. C'étaient des histoires de miracles. « Ouvrez vos esgourdes, vociférait-elle dans un mélange d'argentin des bas quartiers et d'espagnol cervantin, et vous aurez l'heur d'apprendre ce que fit Sainte Marie face au foutoir qu'avaient mis les diables pour s'emparer de l'âme d'un pèlerin, du genre à marcher vers l'église la plus éloignée, comme ceux qui aujourd'hui marchent vers la cathédrale de Luján : pour que ça vaille quelque chose, l'église doit être à Pétaouchnoque. » Elle se lançait alors dans le récit d'une des *cantigas* qu'avait compilées Alphonse le Sage il y a huit siècles[1] : après avoir passé la nuit à baiser avec une pute, le pèlerin poursuivait joyeusement son pèlerinage jusqu'à Saint-Jacques-de-Compostelle, sans s'être confessé. Le diable, qui visiblement se tire la bourre avec Dieu pour savoir lequel des deux récoltera le plus d'âmes et gagne en trichant, s'était déguisé en apôtre saint Jacques et lui était apparu : « Tu dois sauver ton âme afin qu'elle ne brûle pas éternellement dans le lac de feu de l'enfer où, sans mon aide, tu tomberas ; c'est pourquoi je te le dis : élimine l'instrument de ton péché, coupe ton membre coupable. » Le pèlerin se l'était coupée et il était mort en se vidant de son sang sur le chemin. Les diables avaient considéré ça comme un suicide et étaient accourus en légion pour le conduire en enfer. Et là survient la morale ; Cleo ne racontait pas des histoires simplement pour nous distraire : « Se suicider, c'est un péché, vous comprenez ? Il faut mourir quand Dieu le veut et pas quand ça nous chante. Parce que le suicide, c'est pas seulement quand tu le fais volontairement et que tu te tires une balle dans la caboche : c'est aussi quand tu prends trop de drogues ou quand tu niques sans capote, vous comprenez ? » intercalait-elle avant de terminer le récit : la Vierge intervint, elle considérait que le pèlerin se l'était coupée en étant victime de la fourberie d'un diable et le fit ressusciter. Mais pas complètement : elle permit aux chiens de bouffer la teub, comme ça le type ne

1. Poésies chantées par les troubadours en langue galaïco-portuguaise (XII-XIVe siècle). Alphonse le Sage, roi de Castille et León de 1252 à 1284.

connut plus la tentation et ne courut plus le risque d'aller échouer en enfer.

L'éclat de rire a été général ; il y avait de la foi au bidonville, mais l'enfer ne faisait peur à personne. On était d'accord, la vie avait un sens nouveau pour tous et on s'aimait dans cette nouveauté, dans cette joie qu'on vivait et qui était aussi sur le visage des autres, c'était une fête constante, vivre valait la peine, on était libres en ces jours de foules joyeuses. Les gamins ont commencé à aller bien : la *villa* s'est remplie de gens, des étudiants, des photographes, des militants d'ONG qui administraient la dîme de la culpabilité, des anthropologues, des journalistes. Les habitants de la *villa* se sont mis à aller dans les universités raconter leur expérience d'autogestion, à être interviewés en guise d'exemples que, « dans ce pays, celui qui fait des efforts est récompensé », à voyager dans les provinces pour en savoir plus sur les initiatives d'autres groupes défavorisés. La presse a commencé à faire référence à nous en parlant du « rêve argentin ».

XV

CLEO : « MON AMOUR, TU OUBLIES TOUT »

Mon amour, tu oublies tout, toi, je vais devoir m'enregistrer toutes les deux pages que je lis, on n'en finira jamais si tu continues comme ça ; il faut que je dise la vérité : ils parlaient de « rêve argentin », mais nous criblaient de balles. Lorsque, au bout d'une centaine de ces balles, ils n'avaient tué personne, on fêtait ça, parce qu'ils nous canardaient, exactement comme les canards en fer-blanc de ces fêtes foraines qui s'installaient près du bidonville quand j'étais gamin, c'est comme ça qu'ils nous tiraient dessus, comme si on leurs donnait un prix. Je me les imaginais, même quand j'étais déjà une fille, gagnant une peluche pour chaque pouilleux mort. Parce que c'est pour ça qu'ils nous tiraient dessus, mon amour, parce qu'on était pouilleux, pédés, machos, parce qu'ils nous baisaient ou parce qu'ils ne nous baisaient pas ; qu'est-ce que j'en sais, moi, du pourquoi : si ça se trouve, ils s'entraînaient pour la guerre.

La Vierge dit qu'ils nous tiraient dessus parce qu'ils étaient tentés par Satan et elle demande aussi si je n'ai pas déjà remarqué qu'on est en guerre. Je n'en suis pas sûre, excuse-moi Sainte Mère, mais Satan nous tente tous et on ne passe pas pour autant notre temps à se tirer dessus. Bon, quasiment tout le monde se tire dessus, tu as raison, mon amour de ma vie. Là, oui, tu es d'accord avec la Vierge, toi, va comprendre. Alors, quand au bout de cent tirs, il n'y avait pas de morts, on faisait la fête parce que c'était un miracle qu'ils ne mettent pas dans le mille, en voilà une preuve de l'existence de Sainte Marie, ce n'est pas possible que tu ne le réalises pas, ma vie. Et c'est pour ça qu'on a pris la tête du cortège quand on a manifesté à la mairie. Moi, parce que je savais que Sainte Marie me protégeait. Et les autres filles, parce qu'elles croyaient que c'étaient des armures, ces nichons pas possibles que nous faisait ce taré de Gómez, tu te souviens de Gómez, ma vie, celui qui faisait des avortements et mettait des nichons ? Ces morceaux de silicone industriel qu'il nous mettait nous faisaient des nibards énormes, durs, qui semblaient trop parfaits ou complètement faux. Oui, je sais bien que mes nibards de cinquante-cinq ans ne devraient pas être plus fermes que les tiens de trente-cinq, mon amour, pourtant ils le sont. Ne te plains pas, Qüity : tu pourrais aller chez le même chirurgien que moi et, en plus, les tiens m'excitent tels qu'ils sont, un peu tannés par la maternité. Parce qu'il faut reconnaître que, même si tu es désastreuse avec María Cleopatra, je ne sais pas ce qui lui arriverait sans moi, tu lui as donné le sein pendant presque un an. Depuis, tu la traites comme si c'était une poupée ou un truc pour passer le temps, comme tu traites les choses en général : tu l'aimes parce qu'elle t'aime et a besoin de toi, mais tu ne la supportes pas pour les mêmes raisons. Peu importe, de toute façon je suis là.

La question c'est qu'au bidonville on faisait tous la fête lorsqu'on ne mourait pas, et si je parle maintenant c'est parce que j'en ai eu beaucoup, des jours à fêter. La Vierge veut que je continue de vivre, je ne sais même plus combien de fois elle m'a sauvée, moi aussi j'ai du mal à croire qu'elle m'ait choisie pour la mission de dire ce qu'elle a à dire, c'est étrange qu'elle, qui est vierge, m'ait choisie justement moi, qui me suis bouffé plus de teubs qu'une geisha centenaire. Elle dit qu'on ne peut pas savoir ce que c'était de prétendre parler en étant une mère juive célibataire de quinze ans, il y a deux millénaires. La mama juive n'avait même pas été inventée, m'a-t-elle expliqué : c'était le bordel, elle leur paraissait encore plus terrible que je leur parais moi aujourd'hui. C'est peut-être pour ça qu'elle m'a choisie, elle a dû s'identifier à moi parce que moi non plus on ne me laissait parler nulle part, ils voulaient juste me la mettre ou que je la leur mette et que je dégage. Mais ce que j'étais en train de dire, c'est que comme ils nous tiraient dessus sans cesse et qu'on avait des nichons en béton qui ne ployaient pas mais explosaient parce que, oh ! la la, tous les boucliers finissent par se briser à un moment ou à un autre, alors c'était sans importance : même à travers les gilets pare-balles les balles passent, ma douce lumière. Comment as-tu pu ne pas raconter qu'on est allées réclamer justice et qu'on a pris, nous, toutes les travesties de la *villa*, la tête du cortège quand on est allées à la mairie pour demander, pour exiger plutôt, à Baltasar Postura qu'il respecte nos droits ?

Et on ne parlait pas de mettre nos noms de femmes sur nos papiers, de toute façon personne n'en avait là-bas, des papiers, on parlait du droit de vivre, qu'importe si les gens nous appelaient Guillermo, Jonathan ou Ramón : ils peuvent bien t'appeler comme ça leur chante du moment qu'ils laissent ton sang circuler jour après jour dans tes veines, comme il se doit s'agissant du sang. Ce jour-là, on a demandé à Postura qu'il nous débarrasse de la Bête, qui se la jouait maître de l'apocalypse quand les filles ne lui payaient pas leur obole, qui parlait de Jéhovah et de la chair consumée par le feu avant de les brûler sans plus de cérémonie ; quant aux gamins, il les transformait en passoires s'ils ne bossaient pas. Et il se les tapait tous.

La justice a été rapide : le chef Juárez en avait marre de la Bête parce qu'il y avait trop de foutoir et ceux de la municipalité en avaient ras la casquette de l'agence. Ils avaient beau continuer de toucher des pots-de-vin, et moi je sais qu'on les leur payait, Qüity de mon âme, ils gagnaient moins de fric qu'avant et il ne s'était pas passé suffisamment de temps pour qu'ils aient oublié. La voiture a eu un accroc et a pris feu, tu te rappelles ? Ils avaient coupé le câble d'alimentation du liquide de frein ou un truc dans le genre. La Vierge m'a dit que Jéhovah lui avait dit que l'odeur de cette chair consumée par le feu l'avait calmé. Eh oui, Qüity, il est un peu féroce Lui aussi.

XVI

QÜITY : « DES FLEURS ! DES FLEURS ! »

« Des fleurs ! Des fleurs ! La Vierge a des fleurs qui lui poussent dans les mains ! » criait le Petit Taureau avant de se jeter dans le bassin, j'imagine, enfermé dans une bulle aux couleurs confuses et brillantes composée de cristaux de MDMA, jusqu'à se planter dans la boue en éclatant de rire. « Les carpes, riait-il, les carpes me sucent mieux que personne » ; il continuait de rire et tendait des doigts que les carpes essayaient effectivement d'avaler avec une ferveur égale à leur insuccès. Ç'a été une période de bouches ouvertes : celles des carpes, qui faisaient « O » et essayaient d'avaler tout ce qu'elles croisaient ; leur façon d'être au monde, c'était d'essayer de le manger. Les os des morts dans le lit du bassin boueux, les doigts des vivants à son étincelante surface. Et le monde les mangeait, elles, puisque nous étions là, le cœur rassasié de carpes et pleurant de rire, sans trop penser qu'on nous dévorerait aussi : depuis leurs hélicoptères, les propriétaires des choses devaient nous voir comme nous, nous voyions les carpes. Comme des choses, évidemment. On a été libres tout ce temps où le Petit Taureau a cru voir des fleurs surgir des mains de la Vierge. Je ne veux pas dire par là qu'alors ils ne nous tuaient pas : de temps à autre, oui, ils descendaient quelqu'un, la police et l'agence nous criblaient de balles. Et de temps à autre un gamin en butait un autre d'un coup de feu, évidemment. S'il faut tout raconter – et ce chapitre je l'ajoute à ta demande, Cleo –, on doit raconter que les gamins les plus jetés, quand ils se défonçaient et cherchaient la baston, se tiraient dessus et aucune Vierge ne pouvait les en dissuader.

Mais on était en pleine saison des miracles et on pensait que la maladroite statue de la Vierge des gueux irradiait un bouclier protecteur ; on y croyait tous un peu, d'une façon ou d'une autre. Moi, peuple dans le peuple comme une goutte de mer dans la mer, je croyais à l'unité du peuple. Quoi qu'il en soit, notre Vierge était capable de tout, partout, et nous on croyait aux miracles et on était heureux. Si elle avait été de celles qui pleurent du sang, on l'aurait pensée en pleine menstruation : il n'y avait pas de place pour les larmes. C'est venu ensuite. On était alors presque tous vivants et on fêtait cette assurance et cette persistance de nos vies. Il y avait toujours quelqu'un qui comptait le nombre de tirs des keufs et quand ils arrivaient à cent sans victimes humaines ou sacrées, cumbia, pétards et binouze. Le Petit Taureau n'avait pas besoin de beaucoup de temps pour se mettre à flotter parmi les marguerites qui sortaient « en un clin d'œil » des mains célestes. Il y allait fort avec les ecstas. Il en trouvait avec des images saintes dessus et avait une prédilection pour ceux avec le Sacré-Cœur. Il les suçait agenouillé dans le bassin avec la même délectation que les carpes suçaient ses doigts. « Dieu est amour, nous disait-il, Dieu est amour. » On riait tous. On était Dieu, quelque chose de l'ordre du sacré circulait entre nous. Et ça, tu as peut-être raison, Cleo, mon amour, peut-être que ça, c'était la Vierge convertie en air pur. En tout cas, on est parvenus à ce que ça ne sente plus du tout la merde.

XVII

QÜITY : « ON EST RESTÉS SUFFISAMMENT LONGTEMPS »

On est restés suffisamment longtemps pour qu'aller nourrir les carpes soit devenu un rituel. Je ne sais pas d'où ils avaient tiré cette coutume, mais les gamins avaient transformé notre bassin de pisciculture en fontaine de Trevi, jamais ils ne partaient travailler sans venir se placer auparavant dos au bassin. Ils prenaient d'une main les chapelets et de l'autre jetaient des pièces pour être sûrs de rentrer à la maison. À ce moment-là, je n'avais pas le temps d'y réfléchir : les mots, les images, tout me consumait et il n'y avait aucuns restes à sauver. Je ne m'y arrêtais pas alors, pourtant c'est devenu une habitude pour nous, ces gamins qui saluaient les poissons et la Vierge auront été l'œil du cyclone de notre vertige, eux, ceux qui s'apprêtaient toujours à mourir. Ils le faisaient gravement, sérieusement, même s'ils étaient défoncés au crack et même s'ils revenaient d'une virée de trois jours sans dormir. Ils se concentraient, leurs petits visages détraqués se réorganisaient, leurs muscles en désordre s'harmonisaient, le désir de continuer de vivre et la croyance en l'aide que pouvait leur apporter ce morceau de ciment peint en madone étaient la seule chose capable de rassembler la pelote de nerfs, d'émotions et de pensées sans suite qu'était la vie de ces gosses. Regardés un à un, loin de la masse de racailles que fabriquaient les médias, ils étaient tous beaux dans leur furie, comme Achille qui, à la mort de son ami, cède à la colère et accepte son destin. Ah, la furie de racaille des racailles.

Cleo avait l'habitude, elle était l'un d'eux ; loin de s'émouvoir, elle les a insultés : « Mais vous allez m'écouter, bande de crétins, vous voulez tout foutre en l'air ou quoi en tuant les carpes à coups de pièces de monnaie ? Vous avez rien trouvé de mieux à faire avec votre argent ? » Ils ont eu l'idée d'aller acheter au Parc Japonais des sacs de nourriture. Ils ont semé la panique dans la communauté nippone qui levait les yeux de ses petits bols à thé, laissait tomber ses baguettes et enfilait ses chaussures chaque fois qu'apparaissait dans leur parc cette bande d'adolescents malingres avec des baskets et des armes trop grandes pour eux. Ils devaient penser à une armée de fils de Mishima portant les vêtements de leurs parents.

Helena Klein est apparue soudainement. Le Petit Taureau était parti bosser pour les flics : quand ils nettoyaient des zones, ils devaient tous y aller, le commissaire en personne faisait l'appel. Et ils y allaient tous, sans jamais oublier de passer d'abord par le bassin et de demander à la Vierge de les protéger, de ne pas faire partie des perdants cette nuit-là. Car certains allaient perdre, la flicaille devait justifier son salaire fixe. Du butin, les gamins avaient droit à trente pour cent. Et ils devaient prendre en charge les frais d'enterrement. Ici, j'ai les meilleurs thés de tous les pays et des théières chinoises. Je suis devenue collectionneuse. Ma petite fille a du mal à comprendre qu'elle ne peut pas jouer avec, elle ne comprend pas que seuls ces petits plaisirs égoïstes me font tenir debout. Elle, c'est sa furie et sa joie qui la font tenir debout. Cette morveuse est une femme sûre d'elle. La joie et la confiance, elle les doit à son autre mère, à cette folle de Cleo qui continue de parler avec la Vierge, sur les plages de Key Biscayne désormais.

Helena, la rousse, est apparue main dans la main avec le Petit Taureau après une de ces nuits. Le Taureau avait voulu la dévaliser et n'y était pas parvenu, elle est tombée amoureuse « au premier regard » et lui a dit : « Qu'est-ce que tu fous, espèce de crétin », il lui a expliqué, ensemble ils ont chouravé les bijoux de sa mère et cette bonne Mme de Alvear s'en est un peu doutée lorsqu'elle a vu les boucles d'oreilles de la grand-mère portées par la femme du commissaire à la cathédrale un dimanche ; le commissaire a vu son regard et lui a dit qu'il les avait achetées dans la rue Libertad, « vous avez vu comme elles sont belles », et cette bonne Mme de Alvear : « Elles sont belles, oui, et elles sont à moi. » Ils ont fait une descente dans une boutique tenue par quelques joailliers boliviens, le commissaire a eu une promotion, la bonne madame a récupéré ses bijoux et les Boliviens sont retournés en Bolivie. Helena, donc, a fait son apparition et nous a dit qu'elle s'y connaissait en poissons, que son père lui avait construit un aquarium quand elle avait cinq ans et que pas longtemps après il s'était suicidé, Helena est convaincue que c'était à cause de sa mère et de sa famille catholique, et elle s'est consacrée à ses poissons jusqu'à posséder l'un des plus spectaculaires aquariums privés de toute l'Amérique du Sud. Elle est océanographe, « il y a de nombreuses façons d'avoir un père », a-t-elle dit et elle est restée sans plus d'explications. Quant à sa mère, cette bonne Mme de Alvear, ex-veuve Klein, ça l'a un peu rassurée que sa gosse s'occupe des pauvres au bidonville sous les auspices de la Vierge : quand bien même elle ne mettait pas les distances nécessaires avec de telles personnes, sûrement un manque de jugement propre à l'idéalisme adolescent, a-t-elle pensé, mieux valait qu'elle se consacre à ça ; en fin de compte, c'était de la charité, ce qu'après tout faisaient d'une manière ou d'une autre toutes les femmes de la famille depuis que les hommes s'étaient décidés à être bons à quelque chose, qu'ils avaient délimité des parcelles au fil barbelé et commencé à amasser de l'argent. Ils en avaient eu bien besoin avant que la famille ne se fasse un nom, avant l'Amérique. Le Petit Taureau était à moitié inca, bruni, lustré, il avait un cou puissant de jeune animal, ce qui lui avait valu son surnom ; Eusebio, c'est comme ça, je crois, que s'appelait le Petit Taureau, et c'est également devenu une habitude, dans l'ordre des choses, de voir Helena la rousse le monter n'importe où. « Veuillez annoncer à mon père qu'Europe a abandonné sa terre sur la croupe d'un taureau, mon ravisseur, mon marin, mon compagnon de lit. Veuillez, je vous prie, remettre ce collier à ma mère », récitais-je chaque fois que je la voyais perchée sur le Petit Taureau, cet Inca pauvre qui devenait Zeus entre les jambes magiques de son Helena.

Helena travaillait à deux pas, elle étudiait la langue des dauphins – « Ce n'en est pas vraiment une, de langue, faut arrêter les conneries », clarifiait-elle – à l'aquarium de l'université, plus grand que celui de son enfance. Elle est parvenue à sauver le Petit Taureau après le désastre, il lui a suffi de menacer sa famille et de soudoyer un juge pour l'emmener à Miami, mais il était déjà foutu, « avec tant d'amis morts, la vie me fait mal », a-t-il dit un dimanche et le mercredi suivant on l'a trouvé pâle et inanimé, un canif planté dans la gorge. Helena a épousé un brillant biologiste dont le nom de famille est également Klein, pour faire « Klein-Klein », a-t-elle dit, en hommage à son père, et elle est partie passer sa lune de miel en Israël, elle avait « l'habitude de baiser au milieu des militaires et contre un mur », a-t-elle ajouté.

C'est ici, à Fort Lauderdale, qu'on a composé ces vers pour le Petit Taureau. On a le droit de les inclure dans le livre car ils ne font pas partie de l'opéra cumbia. Cleopatra les a récités pendant la veillée funèbre, plus triste qu'un vendredi saint :

Offre ta main aux fatigues de l'esprit,
Amour, et à un style fragile et épuisé,
pour chanter celle devenue
l'immortelle citoyenne des cieux.
Immortelle et citoyenne ?
La morte, c'était Evita ?
La poésie est de Perón ?
Du first travailleur ?
Non, elle est de Pétrarque et dédiée
à l'aura, au laurier.
À sa Laure in the vergel,

il chantait une aile bleue,
I love you, alléluia,
au rythme de sa guitare,
le v'là qui s'met à remember,
elle était genre la Joconde,
she was, she super was
et pas seulement comme à Troie.
Je viens chanter un truc de malade
qui est arrivé au Petit Taureau :
on l'a trouvé tout petiot
au milieu du bidonville
et ç'a été for ever and ever
qu'il s'est installé dans la famille.
Des gauchos chauds-chauds en
veux-tu en voilà
dans l'assassine pampa :
nobody pour nous protéger
et whithout dog pour leur aboyer
v'là les bouts d'chou sans padre
comme se sont trimballés before
les babies d'Agamemnon :
comment pourrais-je, à mon père,
adresser les prières ?
Dirai-je que je viens au cas où
les offrir à l'époux
au nom de la Vierge,
autant dire de ma mère ?
C'étaient d'autres orphelins
ceux des Atrides crazy,
pour le Petit Taureau, la vie
from beginning to end
c'étaient vaches maigres et compagnie
et sa fin il a trouvée
sur une caye de Floride.

Le putain d'american dream
pour lui c'était mort :
y lui ont tranché la gorge
et danse danse la gigue gigue dondaine.
Pour le légiste des Latinos
de la Miami Police
c'est un crypto-argentino :
on l'aurait entendu dire
que cette façon d'occire
est une coutume nationale
et qu'on a une danse danse dondaine
que dansent même les curés,
the dance of *La refalosa*,
qu'on la chante comme ça :
« Juste en dessous de l'oreille,
avec un poignard bien affûté
qu'on appelle l'antidouleur,
on lui a traversé les veines du cou.
Et qu'est-ce que tu fais avec ça ?
Du sang qui gicle au petit bonheur
et vl'à ses yeux qui, de peur,
tournent tournent dondaine[1]. »
Ce fucking policier balourd
il connaissait pas les troubadours :
s'il avait su, il aurait cru
que le killer was espagnol,
juif sépharade,
chilien ou mexicain,
car ces *romanceros* chantaient comme ça :
« En présent pour mon retour
je me dois de t'offrir
le plus beau vêtir,

1. Hilario Ascasubi, *La refalosa*.

une robe de fin grenat
toute de rouge cramoisie,
et ras-de-cou incarnat
comme jamais sur dame je ne vis ;
ras-de-cou au fil de mon épée,
qui ta gorge ceindra[1]. »
Et le Petit Taureau, il est parti au ciel
avec la Laure de Pétrarque ?
Il y est, pour sûr,
mais au check-in, catastrophe
quelqu'un l'a égorgé
pour le voir patauger
dans son propre sang !
jusqu'à ce qu'il ait une crampe
et tombe en battant des pieds.
Ensuite, il n'était plus qu'un macchabée :
Ô combien éphémère est ce voyage,
Ô celui de notre fragile nature[2] !
Aujourd'hui est born la tendre fleur
et aujourd'hui même sa way s'achève ;
tout ne tient qu'à un fil,
et la moindre bestiole
se précipite vers le gril.
Ci-gît, raide mort, le matador,
ci-gît le défunt ami,
ci-gît son corps déconfit
tels les restes du déjeuner.
Il passait nous voir
avec des boîtes de caviar
chipées dans les beaux quartiers,
et du champagne toute la journée

1. Romancero espagnol *La amigua de Bernal Francés.*
2. Pedro Calderón de la Barca, *A la muerte.*

payé par des ladies friquées
qui pendaient avec passion
à son hot neck d'animal
qui gît maintenant tranché
dans la morgue glacée :
la mort, toujours précoce,
n'oublie jamais personne.
Selon Cleopatra,
celle qui a vaincu Satan
affirme que Baptiste
est mort tout pareil
et puis encore une longue liste
de soi-disant élus du Lord,
et nous on croit que le Seigneur
Il aime tirer de la *villa*
ceux qu'Il veut emmener
jouir de ses merveilles.
Depuis l'âge le plus tendre,
nos enfants laissent entendre :
we that are young
shall never see so much
nor live so long[1].
On a beau croire à la chance,
rien ne nous sauve de cette transe,
pas même l'exil, c'est notre sort
elle est super-fast notre mort :
personne n'arrive à cinquante piges
y a toujours une balle, un couteau
qui nous transforme en terre,
en fumée, ombre, néant et poussière.

1. Shakespeare, *Le Roi Lear*.

XVIII

QÜITY : « C'ÉTAIT LE RAT DU MAL »

C'était le rat du mal
s'il mordait un dead man
il le transformait en pourriture
et il n'y avait ni cocaïne
ni alcool ni benzodiazépine
capable de défoncer cette ordure.

Presque tous les animaux ont plus de pouvoir de face que de dos. Pas le rat de mes cauchemars. Regardé dans les yeux, il était dégoûtant, repoussant, immonde, mais ne causait pas de perte de perspective. Les vermines, on les écrase, comme l'a fait la Vierge il y a des millénaires, pieds nus, avec le serpent. Quoique la virginité ne fût pas l'un de mes attributs, il faut croire qu'être femme suffisait car je regardais son museau et j'avais la certitude de pouvoir lui marcher dessus jusqu'à le convertir en planche poilue, en morceau de tapis, en risible feuille que le premier vent pourrait emporter.

La terreur venait lorsqu'il s'éloignait. Une drôle de menace, mon rat, qui brisait certitudes et perspectives en se retirant. De dos, il me plongeait dans un vertige visqueux et froid, dans une chute libre, une vulnérabilité sans limites qui me conduisait toujours à un autre cauchemar : je rêvais que je me réveillais avec une gueule de bois monumentale – coups de marteau dans le crâne, nausées, diarrhée, angoisse. Et tout empirait quand je regardais autour de moi et que je voyais une montagne de cadavres, d'origine aussi inexplicable que ma présence en ces lieux : je ne me rappelais pas comment j'étais arrivée, je craignais d'être le prochain corps sur la pile et ne pouvais même pas marcher car mes jambes ne répondaient pas ou parce que je glissais dans mon propre vomi ou ma propre merde.

Mon rat traînait une crinoline d'excréments et de fossiles, un râteau de merde et d'os taillés comme pour labourer de mort la *villa* entière. Comment un rat tirant une charrue de fossiles ne pourrait-il pas être terrifiant à El Poso, où tout n'est que terre et boue ? Au royaume des cartonniers, c'était lui qui régnait, avec sa charrette faite de la chair et des os des morts qu'il avait convertis en charogne d'une simple morsure.

La charrette de merde m'a poursuivie en rêve tout le temps de mon séjour à la *villa*. La première fois, cela m'a terrorisée. Je me suis réveillée, mais je n'ai pas pu bouger du lit de camp que j'occupais dans la cabane de Cleopatra. Je suis restée muette, immobile, toujours sous l'emprise du rêve, j'ai presque cessé de respirer en écoutant le bruit grave que, croyais-je, faisait mon rat en aiguisant ses griffes contre les murs humides de toutes les cabanes du bidonville, et en remerciant la Vierge que la cuite de la veille au soir m'ait forcée à m'effondrer avant de penser à me déshabiller et à enlever mes rangers. La panique fait toujours naître en moi des dieux.

Persuadée qu'il ne m'attaquerait que si je cessais d'être vigilante, j'ai passé de nombreuses nuits sans dormir. Des nuits entières à conjurer le rat onirique avec les bruits que faisaient les légions de rats réels, qui sautaient et couraient sur les toits en tôle en une chorégraphie incessante et complexe. Cela commençait en haut, mais se déroulait sur plusieurs niveaux. Par terre, ces vampiriques suceurs de restes butaient contre les cubis qui tombaient des tables même quand il n'y avait pas de vent. Ça, je crois que c'étaient les chats : dans la chaîne alimentaire d'El Poso, la vermine se partageait les vivres selon sa taille. On était une *villa* écologique, on recyclait presque tout, jusqu'à la merde que mangeaient les rats réels, ces teufeurs d'*after hours*, ces coprophages.

La chaîne commençait par nous ; du moins, c'est ce qu'on croyait : on buvait, mangeait et baisait à peu près comme n'importe qui, un peu plus peut-être, comme tout le monde quand tout le monde pense que la fin du monde est proche, sûrement plus que n'importe qui, on débordait, on ne pouvait pas se contenir, ce n'était pas l'alcool parce qu'on dansait tellement qu'il s'évaporait en sueurs, en frénésies rythmiques, en ardeurs qui exorcisaient même les démons et je ne parle pas métaphoriquement. Il y avait des danses qui expulsaient des diables, des gens qui s'évanouissaient et qui, en revenant à eux, demandaient pardon pour toutes leurs offenses : ainsi, certaines nuits s'achevaient en confessions, en pleurs généralisés, en embrassades. Ernestito s'est converti à la Vierge après une incroyable orgie de reggaeton. Il a dansé comme un possédé jusqu'à tomber et, en se réveillant, il a éteint la musique, s'est agenouillé devant la Rousse et lui a dit que c'en était fini de sucer des bites contre du fric, qu'ils allaient planter des carottes, qu'il était hors de question qu'il mange un hamburger de plus acheté grâce à son fion ou sa teub à elle. Ou grâce aux siens. Qu'il avait vu la Vierge tandis qu'il dansait et que la Vierge ne voulait pas qu'ils vivent de la baise et que, de toute façon, depuis qu'il y avait les carpes et qu'on plantait des tomates et des courgettes, personne ne manquait de nourriture à El Poso. La Rousse a trouvé qu'il avait raison et ils ont fini tous les deux agenouillés aux pieds de la Vierge du bassin et tous les autres derrière eux, qui pleuraient aussi.

Ce n'était pas, je crois bien, la chope ou l'alcool qu'on y versait, ni les médocs que les défoncés versaient dans l'alcool de la chope, il n'empêche : les choses nous tombaient des mains et nous aussi on tombait, même si ce n'était pas toujours la transe mystique qui nous abattait. Moi, je suis rarement tombée et lorsque je l'ai fait, cela n'a jamais été dû à une bourrade de la divinité. Si j'avais connu ces fêtes à l'époque où j'étais journaliste, j'aurais employé le grossier qualificatif d'« ivrognes » pour nous décrire : le journalisme n'est pas un métier qui s'encombre de subtilités, mais à ce moment-là je n'exerçais presque plus. Durant ces fêtes, je me suis convertie en parolière. Pas une des plus subtiles, il faut bien le dire.

Mystiques, extatiques ou ivrognes, comme on veut, on laissait pas mal de choses traîner à la fin de nos dîners. Ce qui restait sur la table, chats et oiseaux le mangeaient et les scènes de tension ne manquaient pas. Les chats regardaient les oiseaux avec des yeux pensifs et les oiseaux regardaient les chats avec des yeux effrayés mais ne s'en allaient pas pour autant, ils ne renonçaient pas à leur part du banquet, pas même en courant le risque de se transformer eux-mêmes en délicieuses bouchées. Naturellement, les chats passaient parfois de la contemplation à l'action et, d'un coup de griffe ou d'une morsure, vidaient de toute peur les yeux des oiseaux. Nos bestioles à plumes étaient également noctambules, toute la *villa* n'était qu'un foutoir de piafs insomniaques : les pigeons (*Columba palumbus*), les moineaux (*Passer domesticus*), les perruches (*Myiopsitta monachus*), les bruants (*Zonotrichia pileata*), les merles à ventre roux (*Turdus rufiventris*) et les tourterelles (*Zenaida maculata*). C'était l'avant-garde d'une troupe latine, incessante et insomniaque. On subissait une véritable invasion de perruches courant en tous sens avec les rats, elles aussi juchées sur les toits en tôle, se cachant dans les énormes pots de géraniums que Cleo avait ordonné – selon une suggestion de la Vierge – de poser sur les toits à la place des briques et des débris récupérés qui assuraient normalement ce type d'architecture. Vue depuis le ciel, la *villa* était vraiment un jardin, c'était un bosquet de géraniums avec des nids et tout. Même les fourniers (*Furnarius*) se logeaient dans les géraniums, qui finissaient par germer aussi dans les nids.

Ce que ne mangeaient ni les oiseaux ni les chats, les chiens s'en chargeaient. Là, c'était au tour des chats d'avoir des yeux dubitatifs et aux chiens d'être contemplatifs ; parfois, la tension éclatait en batailles qui finissaient à coups de pistolet. Ceux que le premier voisin lassé de ne pas pouvoir dormir tirait vers le ciel pour effrayer chiens, chats, oiseaux.

Les rats réels restaient quoi qu'il en soit. Comme si les balles ne les traversaient pas.

Ce n'était que mordre, mastiquer, avaler : on entendait les craquements, déglutitions et cassures grâce auxquels le monde dévore le monde. Nos rats rongeaient tous les restes, la peau et le noyau de tout : les pelures de patates et d'oranges, les arêtes des carpes, les papiers gras qui avaient servi à envelopper les saucissons, les boîtes de pizza, les rognures d'ongles que crachaient les anxieux du bidonville, les poulains dont accouchaient les pauvres juments entre deux charrettes, le sperme que recrachaient les putes, les poils qui tombaient des intenses sessions de rasage des travesties, la merde de chacun, voilà ce que mangeaient les rats du bidonville, défoncés eux aussi par la coke qu'on laissait tomber ou qui traînait sur le Formica des tables sur lesquelles on forniquait également.

Et les cubis, les cubis qu'ils léchaient puis mastiquaient lentement, pareil que les capotes usagées. Ils finissaient bourrés, perchés sur les rebords du bassin, regardant vers le bas, qui sait, en essayant peut-être de reconnaître leur propre reflet ou en regrettant de ne pas être suffisamment amphibies pour mieux profiter du banquet de carpes colorées qui tournaient juste en dessous, dans l'eau, et pointaient parfois leurs têtes.

Les rats regardaient les carpes et les carpes regardaient les rats et tout restait congelé dans cet instant de contemplation, qui précédait en général l'aube. La seule chose à se mouvoir, c'était le reflet des couleurs de la Vierge en ciment qui présidait le bassin avec ses bras ouverts et accueillants, bercée par la brise. Dans la *villa*, il n'y avait jamais de vents forts. Sans doute était-ce là une grâce du mur d'enceinte. Ou de la Vierge, qui sait.

Parfois, certains des plus gros rats tombaient dans le bassin : ils finissaient par flotter comme des ballons pestilentiels. Et là, les carpes, habituées comme elles l'étaient à ce que la nourriture leur tombe du ciel – le ciel, c'était nous, ceux qui tenaient encore debout, qui leur jetaient les restes avant d'aller dormir, la fête à peine terminée –, renonçaient à leur contemplation mais pas à leur patience et les mangeaient lentement : ces charognardes attendaient que les gros rats aient bien pourri et les suçaient petit à petit avec leurs bouches sans dents. Cleo ne voulait pas, mais le plus souvent on les laissait flotter : les carpes avaient l'air réjouies quand elles mangeaient la pourriture des rats flottants, elles brillaient, devenaient plus colorées, le bassin semblait un jardin de fleurs carnivores et méphitiques.

Après les fêtes, presque toutes les nuits, restaient éveillés les oiseaux, les chats, les chiens, les rats réels et moi, qui sniffais des rails pour ne pas dormir et me retrouver à la merci de mon rat imaginaire. À midi, je buvais du whisky pour faire la sieste, lorsqu'à la lumière du soleil implacable de la province de Buenos Aires les menaces des cauchemars s'évanouissaient. Pendant la journée, j'étais sûre de ne pas pouvoir être dévorée par un rat. Quand la nuit commençait à tomber, la peur revenait. Durant cette minute et quarante secondes que prend le soleil à se coucher depuis le moment où il touche l'horizon, quand on peut voir dans le ciel sept bleus différents, que les premières étoiles apparaissent et que se taisent jusqu'aux perruches, pour moi, c'était le début du cauchemar : le rat de mes rêves déployait son voile de terreur en même temps que la nuit son voile d'obscurité. Et je commençais à réfléchir, à raisonner ma panique en lui disant qu'un seul rat imaginaire ne pouvait rien contre moi, une femme réelle.

Comment le reste des rats ne devenait-il pas une menace pour moi, voilà une question à laquelle je ne peux pas vraiment répondre, pas même aujourd'hui. Je n'étais pas folle au point de ne pas me rendre compte qu'un rat imaginaire ne pourrait pas faire de moi son dîner, mais que beaucoup de rats réels oui, éventuellement. Mais même à cette époque je n'avais pas une grande foi dans la multitude : « Si le peuple uni n'a pas une grande conscience de sa force unie, que pourraient bien en savoir un tas de rats unis », me disais-je. Cette pensée ne me laissait pas non plus dormir : on avait bien, nous, un peu de conscience, comme les rats ont de l'odorat. De toute façon, j'avais beau boire et sniffer, je ne pouvais concevoir un commando de rats capables de coordonner tactiques et stratégies ; tout au plus, pensais-je, pouvaient-ils mesurer leurs forces avec leur museau, en reniflant, dans cette pièce exiguë faite de briques volées, de plaques de plâtre, d'acariens, d'humidité et de tôles, beaucoup de rats et une seule femme. En les voyant se disperser et se marcher dessus, je m'endormais sans peur sans pourtant lâcher mon revolver. Naturellement, il n'a jamais été nécessaire de démontrer qu'unis les rats pouvaient bien être vaincus.

Dans mon appartement, la menace des rats se serait évaporée en un instant et mon athéisme n'aurait jamais vacillé. Dans le baroque misérable du bidonville, où chaque chose était dessus, dessous, dedans ou à côté d'une autre, tout était possible. Et, finalement, amusant : à force de superpositions, tout baisait avec tout, même les chevaux attelés aux charrettes montaient sur d'autres chevaux attelés à d'autres charrettes et s'empilaient pour baiser en écrasant charrettes et cartons.

J'étais réveillée de toutes mes siestes par la Rousse avec une bière à la mexicaine : elle pressait le bord du verre contre un petit tas de sel, le retournait, mettait les glaçons, y versait de la sauce anglaise, un peu de tabasco et, par-dessus tout ça, la bière. J'aimais la *michelada* et, vers les sept heures, l'adjointe de Cleo apparaissait toujours avec mon verre glacé. Je me réveillais, buvais une gorgée et les tirs résonnaient et les haut-parleurs rugissaient : « Aujourd'hui, je sors dans la rue en chasse / d'une paire de dingos en plein délire / moi, je suis toujours ready[1]. » Comme une cérémonie, la bière, le piment et le sel m'arrachaient à la torpeur et à la gueule de bois du whisky de midi, le verbiage de la Rousse me tirait de mes cauchemars et les coups de feu qui signalaient le début de la fête m'arrachaient du lit.

On avait mis des petites ampoules colorées qui pendaient aux toits des cabanes pour les bals. Elles s'allumaient et tout le monde arrivait, comme si elles étaient des signaux. Ce qu'elles étaient, tout comme l'était l'absence de quelqu'un deux ou trois fois de suite : soit il était incarcéré, soit il était mort,

1. « *Hoy salgo pa' la calle cazando / a un par de locos papi que están fantasmiando / yo siempre ando ready* » (paroles d'*Ando ready*, du chanteur de reggaeton portoricain Hector El Father).

alors on cherchait dans les commissariats et dans les hôpitaux. La Jessica apparaissait toujours à l'heure des repas. Malgré tous les ecstas qu'elle avalait, elle ne manquait pas de remplir néanmoins certains des rôles de son genre. Elle ne remarquait presque pas Kevin, un enfant était un prix excessif à payer pour un coup tiré à seize ans, mais, pendant les dîners, elle lui servait son assiette et s'occupait de maintenir relativement propres ses vêtements, bien qu'elle ne sût pas d'où sortait ce qu'avait sur le dos son fils, mon p'tit garçon. C'est moi qui les lui achetais, qui dépensais des fortunes pour ses caprices de hiphoper de crèche. Ou Wan les lui apportait, lui qui niait toute paternité mais était ému par Kevin : « Pas fils de Wan, mais on dirait », disait-il, et il lui offrait des tuniques pelucheuses avec des motifs de dragons qui enchantaient Kevin. Je me le figurais adolescent, avec des dragons tatoués sur les bras et dans le dos.

Le Coq se rasait et lavait les quatorze poussins dont il avait la charge avec la Rousse : à peine avaient-ils abandonné la prostitution qu'ils s'étaient mis à s'occuper du moindre gosse perdu du bidonville. Il y en avait beaucoup et le Coq s'efforçait de les maintenir propres et bien coiffés ; les garçons avec du gel, les filles avec deux couettes et les adolescents avec des crêtes décolorées et dressées comme si on y avait mis du plâtre. Il faut dire qu'avant de faire le gigolo le Coq avait été maçon ; les deux métiers partagent un même amour de la perfection capillaire et il combinait ainsi passions et savoirs. Les quinze débarquaient convertis en image d'Épinal de l'art de la coiffure populaire quand son épouse et leur marâtre avait terminé de préparer les pichets de *michelada* et de jus d'orange, puisque c'était ce que buvaient les gamins de la *villa*.

Le Petit Taureau et Helena débarquaient toujours morts de faim, lui habillé comme une star de la cumbia, elle avec les sempiternels jeans déchirés en denim français qu'elle portait en toutes circonstances. La seule chose ou presque qu'ils faisaient, c'était fumer des joints et baiser, alors ils étaient toujours morts de faim. Helenita supervisait le développement des carpes et du bassin, mais comme tout allait bien, ce travail ne lui prenait pas plus de quelques minutes par jour. Dani venait également, quoique pas tout le temps car il ne supportait pas les discours de fin de repas de Cleopatra. Je crois qu'il était vraiment amoureux.

La table était très longue : en guise de banc, on utilisait l'une des parois du bassin, qui mesurait cent mètres de côté. De nombreuses planches sur trente tréteaux soutenaient le plus communautaire de nos repas. La Rousse et quelques autres travesties, toutes en plein délire de barmaids, apportaient boisson après boisson. Au bout de la troisième ou quatrième tournée, tous les corps commençaient à onduler au rythme racoleur du reggaeton : « Je lui donne de cette petite crème un peu louche / celle qui dégouline sur ta main, dans ta bouche[1]», chantions-nous. Oui, moi aussi : au début, je résistais à la stupidité des paroles, je me récitais de très vieilles chansons (« Dansons toutes trois, chères amies, / dans le champ des noisetiers fleuris ; / et celui dont la mise égale notre belle mise / s'il sait aimer, / dans

1. « *Le doy cremita que de esta nadie tiene / como en la mano y en la boca se te viene* » (Don Omar, *Repórtense*).

ce champ de noisetiers fleuris / il viendra danser[1] ») pour ne pas perdre la langue, mais le rythme du reggaeton, cette musique purement sexuelle quand on boit et qu'on danse, gagnait sur moi et commençait à s'infiltrer dans la *cantiga* : « Suçons toutes trois, chères amies / ces fentes blessées et honnies / la plus valeureuse ne sera point vaincue / si elle sait tortiller du cul / en Floride elle ira s'agiter / et puis encore danser. » Arrivée au sixième Fernet Coca, je me mettais à réciter à tue-tête ; selon Cleo, cette première *cantiga* à la sauce reggaeton s'est révélée prophétique : « Mon amour, tu te rends compte qu'on est en train de s'agiter en Floride comme toi tu l'avais prophétisé ? » m'a-t-elle demandé après la première de notre opéra cumbia à Miami.

Mais ça, c'était bien plus tard. À ce moment-là, la musique s'invitait dans mon corps et dans le lexique de mon esprit et de mon cerveau et ce qui me semblait auparavant stupide devenait une puissance accaparant chacune de mes cellules. La question n'était pas que cela cessait de me sembler stupide, plutôt que la stupidité disparaissait en tant que critère de valeur. Ma chair aimait ce rythme racoleur et je devenais moi-même racoleuse et trouvais du plaisir dans cet *asado* agité, dans les alignements de saucisses sur les énormes grils, dans les jarres pleines d'ecstas, me laissant porter par le reggaeton, la régate comme disait la Jessica, cumbiancher comme disait le Petit Taureau, twerkant comme

1. « *Bailemos las tres, amigas queridas, / bajo estas avellanedas floridas ; / y quien fuere garrida como somos garridas, / si sabe amar, / en estas avellanedas floridas / vendrá a bailar* » (Airas Nunes, *Cantiga de amigo* de Galice, Moyen Âge).

disait tout le monde, pur tam-tam et *choripán*, le meilleur plan disaient les folles à l'heure des torgnoles avant de danser la cumbia encore plus fort, « qu'il lève la main celui qui veut sniffer, délirer, devenir guedin et délirer, en dansant guedin un pas en avant, un pas en arrière[1] » et je sniffais comme une guedin et je délirais en avant en arrière et je sniffais encore et me souvenais du projet de chronique journalistique qui m'avait fourrée dans la *villa* et je brandissais mon enregistreur et courais derrière Cleo et Cleo me parlait de la Vierge sans s'arrêter, même quand elle s'empalait debout sur quelqu'un, elle me parlait sans s'arrêter. Selon mon aimée, ç'a été « le miracle d'être toujours vivantes », mais ça, c'était plus tard, la graine de l'amour, c'est dans la *villa* qu'elle s'est plantée. Quelle merveille, elle fondait sous mes assauts : ça l'excitait, cette folle, que je lui colle le micro sous le pif et que je lui pose et pose encore des questions même quand elle était encastrée, agrafée, « sertie », disait-elle dans son délire de bijoux, de pierres précieuses et de saphirs pédé. Cleo s'est mise à mourir d'amour pour mon désir de ses mots et elle me contait et me chantait ses histoires et ses théories même avec deux braquemarts dans les mains ou en emboutissant les tripes du premier venu à coups de bite. Et personne ne se plaignait car une éjaculation de Cleo c'était un peu comme de l'eau bénite pour tout le monde, par effet de transitivité : ma femme est l'élue de la Vierge. Et moi aussi c'est là que j'ai commencé à tomber sous le charme, j'ai été excitée par mon

1. « *que levante las manos el que quiere jalar reflashar, reloco flashar, bailando pa'lante y pa'tras* » (La Base, *Reloco*).

objet d'étude qui interrompait mes questionnaires pour rugir comme une lionne, Cleo jouissait et moi je mouillais et finissais juchée sur la teub lubrifiée d'un type quelconque, n'importe qui, le premier qui passait. Dans chaque maison, sur chaque table de la *villa*, ça sniffait des rails et tirait des coups, et les filles détendues qui se serraient, seins contre seins, finissaient complètement dépeignées, en fumant des joints, lorsque se pointait la lente cumbia du fumeur : « Danse la cumbia, *cumbianchero* / car voici le *fumanchero* / qui fume de la tête / en levant sa canette. »

À ce niveau de la fête, mon rat était vautré le ventre en l'air, sans crinoline ni direction, se balançant comme un fou sur la courbure de son dos et bougeant ses petites pattes au rythme de la cumbia. Mais c'était un monstre qu'aucune bouteille n'envoyait au tapis. Il y avait toujours quelqu'un pour laisser échapper un peu de coke qui tombait systématiquement sur mon rat. Un authentique cercle vicieux que celui de mon cauchemar, qui finissait toujours par être recyclé par tout ce que je prenais pour l'éviter.

XIX

QÜITY : « ILS ONT DESCENDU D'UN TIR L'ENFANT »

Ils ont descendu d'un tir
l'enfant qui cherchait son jouet,
ci-gît le petit martyr :
pauvre, seul, froid et muet.

« Les mammifères, Kevin, ce sont ceux qui grandissent à l'intérieur d'une maman. » Lorsque Kevin comprenait quelque chose, il souriait et son visage prenait un air oriental. Les après-midi où Wan fermait pour un moment le supermarché et venait donner à manger aux carpes avec sa horde de gosses, Kevin était heureux et se perdait dans cette multitude. Il avait l'air d'un fils de Wan et peut-être l'était-il ; Jessica, sa mère, n'en était pas très sûre et racontait qu'elle avait eu « une petite histoire avec le Chinois ». Selon Wan, c'était peu probable, « enfant né treize mois plus tard », jurait-il, en montrant une fois ses deux mains ouvertes puis une fois trois doigts de la main droite ; il n'a pourtant jamais cessé d'envoyer des provisions à Jessica depuis Hermosura pour que

Kevin mange bien. Toutes les semaines, il envoyait du riz, des boîtes de thon, des tomates, du lait en poudre, et des poupées chinoises qui chantaient des chansons improbables jusqu'à ce que leurs piles chinoises soient vides, ce qui fort heureusement arrivait le plus souvent assez vite. Il n'a jamais cessé d'envoyer ses sacs de provisions, même lorsque j'ai fait mon apparition et que j'ai pris le petit en charge.

Kevin m'a adoptée. C'est pour ça que je suis restée. Jessica était complètement paumée : elle était devenue une des groupies – « garages à bites », c'est comme ça qu'ils les appelaient – des Cocaïnés, un groupe de cumbia qui portait bien son nom. Et Cleopatra, tante de Jessica et grand-tante de Kevin, était complètement perdue dans les hauteurs de sa folie – elle parlait toute la sainte journée avec Sainte Marie – ainsi que dans la complexité de sa mission religieuse, celle d'organiser le bidonville. Dans de telles conditions, quand Kevin comprenait quelque chose, il riait, avait l'air d'un des fils de Wang et me serrait dans ses bras. Je peux toujours sentir son petit corps, cette façon amoureuse, tiède et sûre de s'accrocher à moi qui était la sienne, comme si j'étais un foyer. C'est une drôle de sensation, mon corps n'a pas si bonne mémoire d'habitude. Je ne suis même pas capable de me rappeler les corps des hommes avec qui j'ai le plus joui. Pas même celui de Jonás, pas même la verge de Jonás qui m'avait éblouie durant les premiers mois passés à la *villa*, jusqu'à ce qu'il se perde parmi les pétasses de bonne famille qui nous rendaient visite et que je commence à me perdre dans les jupes de sa tante, tellement semblable à lui mais tellement plus grande et plus belle. Le corps de Jonás s'est fondu dans celui de Cleopatra jusqu'à disparaître complètement, bien avant sa mort et un peu avant que Cleo et moi ne soyons surprises par un amour qui continue de nous surprendre.

Jonás s'en est rendu compte avant moi, les amants savent toujours ; il riait et me disait : « Tes préjugés s'amenuisent de jour en jour ; tu t'es d'abord tapé une racaille dans mon genre et te voilà maintenant embarquée dans un lesbianisme chelou : tu veux te faire une racaille travestie. Et ne crois pas que, parce qu'elle est travestie, tu pourras la ramollir un peu : ma tante, avec ses airs de grande dame, va te planter un tronc. Avant d'être fameuse à cause de la Vierge, elle l'était pour son putain d'anaconda. » Je n'ai jamais su si cela l'amusait ou s'il était jaloux. Cela ne m'a pas vraiment importé. Quant à mon amante, je me suis mise à l'aimer ensuite, alors que la *villa* n'était plus que décombres, que de Jonás je ne pleurais que la mort et ne me souvenais de presque plus rien d'autre. Mais aujourd'hui encore je me souviens de Kevin. Pas même Cleopatra n'aura pu effacer son souvenir en moi.

Il m'a accompagnée dès le premier jour passé à la *villa*, depuis ce matin froid et pourtant plein de jasmins d'un mois de novembre en apparence si lointain à cause de tout ce qui est mort depuis, mais qui s'est pourtant déroulé il y a quelques années à peine. Au début du déjeuner, il est apparu à mes côtés et d'une façon ou d'une autre – il ne parlait pas encore – m'a demandé de lui donner à manger. J'ai compris, l'éclat muet de ces petits yeux noirs m'a amusée et je l'ai assis sur mes genoux. Un moment plus tard, alors qu'on avait déjà bien mangé, Kevin m'a caressé le visage avec ses petites mains poisseuses de viande grillée et de salade composée, et m'a aussitôt donné un baiser avant de m'enlacer.

C'est pour des choses comme ça que je dis qu'il m'a adoptée, Cleo, ne prends pas la mouche, n'y vois pas un reproche quand j'affirme que Kevin s'est réfugié en moi. Je ne sais pas, il me semble que non, toi tu passais tes journées avec la Sainte Vierge. Et Kevin et moi, on était assez seuls. Oh ! la la, non, ce n'est pas un reproche, ça suffit, Cleo : moi non plus je n'étais pas à ses côtés quand il a eu le plus besoin de moi, je n'ai pas pu le prendre dans mes bras, lui donner de la chaleur tandis que la sienne l'abandonnait, le conduire en ambulance à l'hôpital et menacer tout le personnel médical pour qu'il le sauve, ou simplement réchauffer son corps jusqu'à la fin.

Je sais bien que je n'arrête pas de raconter ça, je me rappelle bien l'avoir déjà raconté, mais que veux-tu, la scène ne cesse de se rejouer en moi : lors de ce premier repas, Kevin a trouvé mon revolver et s'est mis à jouer à la victime, comme s'il mourait d'une balle : il ne parlait pas encore, mais c'était déjà un excellent acteur, il a crié « paaaannnn », s'est pris la poitrine, a marché en zigzag, est tombé par terre et est resté immobile quelques secondes jusqu'à ne plus pouvoir retenir son rire et son envie de voir l'approbation sur le visage des autres. Je me rappelle encore ses petits éclats de rire, et encore son simulacre de chute, et encore son corps immobile, comme si mon esprit essayait une forme impossible de consolation, comme s'il prétendait remplacer par cette scène de jeu ce que je n'ai pas vu, le moment où il a vraiment reçu une balle, le moment où il est mort pour toujours. Et ça ne fonctionne pas : ça fait longtemps que je ne pense presque plus à la mort de Kevin, mais cette autre scène, cette scène que je raconte sans cesse, me blesse dans ma chair, modifie mon rythme cardiaque ; quelque chose dans mon cœur s'est brisé avec la mort de Kevin et je ne raconte pas de conneries, je ne parle pas par métaphores : depuis qu'ils ont rasé le bidonville et assassiné mon petit garçon, mon cœur fait un bruit de machine en panne, son rythme se décale, des sons bizarres en sortent, il a perdu son élasticité, se contracte parfois et ne desserre plus son étreinte, me faisant mal, serré comme un poing, et je sais bien que je vais en mourir, malgré l'armée de cardiologues que nous payons.

J'ai aussi de beaux souvenirs, mais ils me font presque aussi mal que les autres. Et la mort du Chef, ce fils de pute, savoir que, d'une certaine façon, il a clamsé à cause de moi et d'une de mes décisions, même si ce n'est pas moi qui ai tiré, n'atténue en rien ma douleur.

Tu me demandes pourquoi, dans de telles conditions, j'ai laissé Dani s'en charger, Cleo ? Pour qu'il crève, ma vie, afin qu'un peu de justice soit rendue. Non, la prison ne suffisait pas, et puis de toute façon il n'y serait jamais allé.

Mais, maintenant, je veux continuer de parler de Kevin, mon premier foyer, ce gosse m'aura fait une maison, là, dans la *villa*, dans ta cabane de bric et de broc, dans cette chambre pleine de petits anges que tu lui avais fabriquée avec des plaques de plâtre, des estampes religieuses et des peluches. Je crois bien que le premier soir où je suis restée dormir dans ta cabane, j'y suis restée sans le vouloir : c'est à cause de Kevin, qui s'est pointé en pyjama en serrant dans ses bras sa peluche préférée, le cuisinier chauve. Alors que j'étais franchement triste et ivre, je venais d'éclater en sanglots, je ne me rappelle plus pourquoi, peut-être ne le savais-je pas non plus sur le moment, Kevin m'a vue, est parti en courant vers la cabane et en est revenu avec un rouleau de papier hygiénique. Il s'est mis à me bander, t'en rappelles-tu, Cleo chérie ? Il m'a bandée tout entière, de la tête aux pieds, avec le papier hygiénique, j'avais l'air d'une momie, ce gosse était si adorable, il me guérissait, il n'a pas laissé une seule partie de moi non couverte puis il m'a finalement pris la main, m'a emmenée dans son lit, m'a prise dans ses bras et s'est mis à chanter quelque chose, c'était comme une berceuse, une cumbia douce sortant de sa petite bouche et de son petit corps qui m'a réchauffée pour toujours, ce même petit corps qui, congelé par la mort, m'a congelée moi aussi et m'a fendillée comme si le foyer que nous avions construit lui et moi avait été fait dans une sorte de verre. Ce foyer n'est pas mort avec lui, mon amour, il me l'a construit et il est toujours en place, avec toi et Cleopatrita, mais comme fissuré par sa mort à lui, comme si toi, moi et notre petite fille aussi qui n'était pas même un embryon quand tout cela a eu lieu, je sais bien, comme si nous toutes lui devions quelque chose, la vie qu'il n'a pas eue, comme si nous étions coupables de vivre sans lui.

Cet après-midi-là, j'étais allée chez moi chercher

quelques affaires. Il a voulu m'accompagner, mais je devais passer à la banque et au journal pour finir de convenir d'une année supplémentaire de congé sans solde ou d'une démission définitive, je n'étais pas sûre. Et je ne l'ai pas été jusqu'à ce que, à deux cents mètres du journal, on m'appelle pour me prévenir qu'une opération allait avoir lieu, puis que j'appelle Daniel, qui s'est renseigné, me l'a confirmé, a réuni quelques fusils à pompe et filé en direction de la *villa*, ce que j'ai fait moi aussi, comme une dératée.

Il était six heures et demie du soir, je suis rentrée dans plusieurs voitures, la mienne en a été toute cabossée, c'était un bordel impossible mais j'ai quand même réussi à rejoindre la Panamericana en quarante minutes ; je suis parvenue jusqu'à Márquez et là tout était coupé par la police, ses chars d'assaut, ses voitures et ses fantassins en rangers et mitraillettes. J'ai abandonné ma voiture et continué par le bas, percevant les tirs au loin, et lorsque je suis arrivée, il n'y avait presque plus personne : les bulldozers étaient en plein travail, la Vierge n'avait plus de tête, les carpes flottaient mortes à la surface du bassin et il n'y avait que des flics et des mitraillettes. Comme j'étais journaliste, je suis entrée avec les autres journalistes, quelques-uns étaient des amis, je leur ai demandé de m'aider à chercher Kevin et je crois bien que ceux qui n'étaient pas des amis m'ont également aidée. On cherchait tous un adorable petit moricaud à tête de Chinois, pas plus grand que ça, et on ne l'a pas trouvé, de même que je n'ai pas trouvé Cleo ; je cherchais toujours lorsque Daniel est apparu ; on a erré jusqu'au lendemain matin parmi les bulldozers et rien, néant. Je ne l'ai jamais retrouvé.

Des jours plus tard, on a obtenu les copies des caméras de surveillance, ce qu'avaient pu filmer les garçons d'une université allemande qui réalisaient un documentaire et les images des téléphones de plusieurs gosses de la *villa*. Là, j'ai vu mon p'tit mourir seul, il n'a même pas pu serrer dans ses bras sa peluche qui est restée à deux mètres de son corps, il est mort le bras tendu vers le cuisinier chauve, agité par les convulsions que provoquait la mort en lui.

XX

CLEO : « TOI, T'Y ÉTAIS PAS »

Toi, t'y étais pas, Qüity. Moi si. C'est moi qui dois le raconter. Je te dicte. Note tout bien car je te raconte les choses comme elles se sont passées. On m'a souvent traitée de folle, depuis toute petite, toutes les pédales sont traitées de folles, et ne parlons même pas de celles qui, comme moi, parlent avec la Vierge, avec un saint ou avec Dieu en personne : tout le monde pense qu'on est toquées, ils nous croient complètement timbrées, je ne sais pas pourquoi, c'est comme ça, je n'y ai pas trop réfléchi, je n'ai jamais vraiment le temps de trop réfléchir aux choses, mais je ne suis pas folle, je ne me suis jamais sentie folle, malgré la façon dont tu me présentes dans ton livre, Qüity. Jusqu'à ce jour que tu racontes, je n'avais jamais été folle.

On a d'abord entendu les hélicoptères ; je ne me suis pas inquiétée, je venais de parler avec la Vierge, elle m'avait dit : « Prenez soin de vous, mes enfants », mais je n'y ai pas trop fait attention, j'ai cru que c'était une façon comme une autre de prendre congé ; là-bas, en Argentine, tout le monde te disait : « prends soin de toi » comme ils auraient pu dire : « on se voit bientôt » ou « tchao » au lieu de dire « adieu » comme ils disent ici et comme le dit souvent la Vierge, « adieu », dit-elle et moi je trouve ça bien car c'est être en rapport avec Dieu que de le dire de cette façon.

Je n'y ai pas fait attention car je pensais qu'elle nous protégeait et je ne m'inquiétais pas ou pas trop, j'essayais de faire en sorte que les gamins ne se droguent pas, qu'on ne nous vole pas nos gamines pour remplir les bordels, qu'ils mettent tous des capotes et voilà, je pensais qu'elle se chargeait du reste. Lorsqu'on a entendu les hélicoptères, cela ne m'a fait qu'un peu peur, les gens du tribunal nous avaient déjà appelés pour nous dire d'évacuer le bidonville. Ils ont juré qu'ils allaient nous installer dans un quartier magnifique, ils nous ont montré des dessins et des maquettes qu'on a emportés pour que les mioches puissent jouer aux petites voitures et aux Barbie. Nous, on leur a expliqué qu'on ne pouvait pas déménager car dans ce quartier tellement magnifique qu'ils voulaient nous concocter à La Matanza il n'y avait de place ni pour le bassin ni pour la Vierge, même si le projet incluait le dessin d'une chapelle ; personne n'a envie de vivre dans un endroit qui s'appelle Matanza[1] et notre Vierge pas plus qu'une autre, sans parler du fait qu'elle n'aime pas être enfermée, ça aussi on le leur a expliqué et le père Julio était là, qui m'a dit que non, que je ne savais rien de la Vierge, qu'eux ça faisait plus de mille ans qu'ils l'avaient mise dans les églises, depuis qu'ils avaient

1. La Matanza (littéralement « le Massacre ») est une commune pauvre de la banlieue ouest de Buenos Aires.

commencé à l'adorer elle aussi, tu savais qu'avant ils s'en tamponnaient de la Vierge, Qüity ? Il m'a encore dit qu'ils n'avaient jamais reçu de plaintes, au contraire, que de temps à autre la Vierge se plantait quelque part devant eux et demandait qu'on lui fasse une église, comme ça s'était passé à Luján, qu'en 1630 ils portaient une statuette d'elle pareille aux représentations d'elle qu'il y a maintenant à Luján, sur les estampes religieuses et partout, même sur les voitures de police car, oh ! la la, Qüity, la Vierge est aussi la sainte patronne de la police. Je me dis parfois que la veille du massacre ils ont dû la prier davantage que nous et c'est pour ça qu'elle ne nous a pas prévenus, mais elle me dit que non, qu'elle ne savait pas, elle n'arrête pas de le jurer ; une fois, elle a même pleuré et tout parce que je ne la croyais pas. Je ne sais pas, ça doit être vrai, la Vierge Marie est incapable de mentir, si tu veux mon avis. À Luján, ils la transportaient en charrette et la charrette n'avançait pas d'un pouce alors qu'ils y avaient attelé mille bœufs, parce qu'il en faut des poils de chatte pour tirer les charrettes, Qüity, et ils ont vidé la charrette en pensant qu'elle devait être trop chargée mais elle n'avançait pas davantage, alors ils ont descendu la Vierge, qui était une toute petite statue et, là, la charrette a démarré, ils l'ont donc remise dedans et la charrette est restée bloquée de nouveau ; ils l'ont fait mille fois et c'était toujours la même chose, ils ont fini par réaliser que la Vierge avait envie de rester là et ils l'ont emmenée chez le patron d'une estancia des environs. Et là, elle s'est laissé conduire.

Ils l'appelaient « la Vierge de l'estancia » et aussi la « petite patronne moricaude », ce qui ressemble à la façon dont est appelée la nôtre, « la Vierge des gueux », à cause de nous, qui étions tous des gueux comme le disaient les vieilles bourges du quartier, mais la Vierge de Luján, à cette époque, était appelée moricaude à cause de Manuel le moricaud, si tu veux mon avis, parce que les patrons d'estancias, à cette époque-là, ils entassaient leurs gueux dans les maisons, pas comme nous, Qüity, qui étions à côté de leurs maisons mais dehors, entassés dans les bidonvilles. Manuel le moricaud, te disais-je, était là depuis tout petit et il est tombé amoureux de la Vierge, alors les patrons l'ont laissé s'en occuper et le moricaud a passé sa vie à s'en occuper. La Vierge, elle nous aime, nous les pouilleux, Qüity, et elle nous aime aussi, nous les pouilleuses, et les pouilleuses travesties, si tu veux mon avis, elle nous aime le double.

Bon, le père Julio m'a raconté toute cette histoire et moi je lui ai dit que j'allais demander à la Vierge, que c'était elle qui avait eu l'idée de notre bassin, pareil que pour la basilique de Luján, et que comme il venait lui-même de m'expliquer combien la Vierge pouvait être têtue, qu'il veuille bien m'expliquer maintenant pourquoi, cette fois-ci, elle aurait soudainement envie de déménager. Le père Julio a insisté, il a dit que c'était pour notre bien et que si on leur en parlait, les architectes trouveraient sûrement le moyen de creuser un bassin. Je ne l'ai pas écouté, je n'ai pas compris ; dire que c'était pour notre bien, c'était une menace, je m'en rends compte maintenant, mais les curés sont presque toujours très diplomates et il faut être dans leur milieu pour bien saisir quand ils font des menaces et quand ils donnent des conseils, même si, pour être franche, je ne suis pas sûre qu'il y ait une grande différence. Moi, dans le milieu du père Julio, j'y avais passé du temps, j'avais même été dans la chambre du père Julio, jusque dans ses draps qu'il aspergeait d'eau bénite, et pourtant, ce jour-là, je n'ai rien capté de sa menace, je me suis dit que si c'était très grave, la Vierge me préviendrait et on est tous partis contents ; bon, pas tous, moi je suis partie contente, toi tu étais inquiète et les gamins sont devenus tout blancs quand on leur a raconté, mais ensuite quelqu'un a mis de la musique et on a tous oublié.

Et puis la bureaucratie est toujours très lente en Argentine, qui aurait cru que la justice allait être rapide alors qu'on avait un paquet d'amis incarcérés qui attendaient depuis quatre ou cinq ans qu'on leur fasse un procès.

Alors, quand j'ai entendu les hélicoptères, je me suis dit que ce n'était pas possible et je ne suis même pas sortie de la cabane pour les regarder ; j'étais en train de faire le ménage et je ne voulais pas m'interrompre parce que sinon je n'allais plus faire aucun ménage et tout était d'une crasse dégoûtante. Les gamins, ils ont levé la tête, eux, ils ont vu que tout était bleu sombre et avant de venir me prévenir pour que je prie la Vierge, ils ont déterré les revolvers et toutes les armes qu'ils avaient cachées depuis que Sainte Marie était arrivée à la *villa*. Ensuite, ils m'ont prévenue.

Ernesto est arrivé et quand je lui ai demandé pourquoi ils avaient tant tardé, il m'a regardée durement et m'a dit que c'était pour que je ne leur casse pas les couilles avec des conneries, que les autres étaient en train de débarquer par terre et par mer, qu'on devait se défendre et que ce n'était pas le moment de faire un cercle de prière, que je pouvais prier autant que je le voulais, qu'ils avaient parlé avec des flics qui leur avaient ordonné d'évacuer la *villa* et qu'eux leur avaient dit non et que les flics avaient ordonné de faire sortir les femmes et les enfants, que les femmes leur avaient dit plutôt crever et que là les flics s'étaient énervés et leur avaient dit qu'ils allaient entrer et nous forcer à sortir tous sans exception.

J'ai pris Kevin par la main, je l'ai emmené au bassin pour prier la Vierge et j'ai prié très fort, un peu effrayée car j'ai eu l'impression que les nôtres avaient perdu la foi et ça, le Père, le Fils, le Saint-Esprit et la Sainte Mère te le font toujours payer, Qüity, alors j'ai prié super-fort et Kevin aussi a prié, mais elle ne nous a pas répondu et lorsque j'ai entendu le fracas du mur qui tombait, c'était un bruit de démolition, mon amour, de décombres et de tôles grinçantes, puis le bruit des balles et de ceux qui criaient et pleuraient parce qu'ils étaient blessés ou parce qu'on avait tué un parent ou un ami, là, j'ai cru être folle. Pour la première fois de ma vie, ma foi a été en crise.

D'un coup, je me suis sentie seule et je me suis vue parlant seule à un morceau de ciment tandis que le monde s'écroulait et que rien ni personne d'autre que nous-mêmes ne nous protégeait. Alors, j'ai de nouveau attrapé Kevin et me suis dirigée vers les barricades qu'avaient dressées les gamins et les gamines avec les décombres et les tôles et les morceaux de pots de géraniums qu'on avait mis sur les toits. Lorsque je m'en souviens, ça me paraît complètement dingue, on avait des barricades avec des fleurs, mon amour, comme si, plutôt qu'un tas de racailles en furie, on était une bande de hippies déments. Sur les barricades, je me suis sentie davantage accompagnée, mais il y avait une solitude terrible partout, pareil qu'à la mort de ma mère quand j'étais un gosse, Qüity, il n'y avait ni Dieu ni la Vierge dans le monde, il n'y avait que moi, mes petits frères et notre brute de père policier. Alors moi aussi j'ai tiré avec des pots de fleurs, avec des décombres, avec des morceaux de métal et j'ai également tiré avec un fusil AK-47 que m'ont passé les gamins en voyant que je me battais moi aussi. Ils savaient tous que je sais très bien viser, Qüity, mon père m'a entraînée quand j'étais un tout petit enfant, dès que j'ai eu cinq ans j'ai passé mes dimanches à tirer à blanc dans un pré au lieu d'aller à la messe.

Je tenais Kevin par la main tout le temps, même lorsque je visais, recroquevillé contre la partie basse de la barricade, c'est là que je le gardais, je te jure, mais celui qui se trouvait à côté de moi a été touché à la tête, c'était Jonás, et j'ai tout lâché, le fusil et la main de Kevin, pour attraper ce qui restait de la tête de Jonás, ç'a été l'affaire d'un instant et je crois que c'est alors que Kevin a vu Pototo, cette peluche pelée qu'il adorait, traîner dans la boue, il est parti en courant et moi je me suis aussitôt retournée, comme si je savais, je l'ai vu qui traversait le champ de bataille, j'ai vu la balle qui lui est entrée dans la tête alors qu'il n'était plus qu'à un mètre du cuisinier pelé, son Pototo, il tendait la main pour l'attraper mais la balle était déjà entrée et il agonisait, le pauvre petit, Qüity, et moi j'ai couru jusqu'à lui pour le prendre dans mes bras et qu'il ne soit pas seul, moi, plus seule que jamais, sans Vierge, sans Dieu ni que dalle, et un pot de fleurs m'a frappée en pleine caboche, j'ai perdu conscience, seule, folle et désespérée et j'ai cru que c'était ça, le monde.

Après avoir été assommée par le pot de fleurs, je ne sais pas ce qui s'est passé : je me souviens que, deux jours plus tard, je suis apparue à Grand Bourg[1] en train de marcher comme une zombie avec la tête de la Vierge dans un sac du supermarché Coto et parlant toute seule. Une travestie qui partait travailler m'a reconnue, m'a emmenée dans sa cabane et est restée avec moi. On a passé des heures à parler autour du feu qu'elle avait allumé devant chez elle, il faisait très froid, et petit à petit je me suis souvenue et j'ai pleuré, pleuré, pleuré à grands cris et j'ai insulté la Vierge sur tous les tons, je lui ai dit les choses les plus horribles qui me sont passées par la tête, « sainte-nitouche » a été la plus douce, j'ai fini ensuite par dire des choses bien pires, « grognasse », je lui ai dit, « traîtresse fille de pute », je lui ai dit, « pouffiasse violée par un pigeon, soumise et complice de ce fils de pute de Dieu ». Je l'ai traitée de tous les noms et il ne s'est rien passé, aucune nouvelle de la Vierge, elle n'est pas apparue et moi j'ai fini par me convaincre que tout ça n'avait été qu'un délire de ma part, qu'il

1. Commune de la grande banlieue de Buenos Aires, du nom d'un quartier d'Évry. Tout comme Boulogne, son nom est une référence à une localité française dans laquelle a vécu le général José de San Martín durant son exil.

n'y avait ni Vierge, ni Dieu, ni que dalle et que la seule chose qui restait, alors, c'était ce corps, le mien, et comme tu le dis, Qüity, celui des morts devenant vers et terre et photosynthèse et merde et néant.

XXI

QÜITY : « PELLETEUSES ET BULLDOZERS »

Pelleteuses et bulldozers
ont fait du beau boulot et doublement
not only nous ont-ils écrasés salement,
encore ont-ils posé les fondations
des belles résidences privées.

Ça n'a pas été comme un tsunami, ni comme un tremblement de terre, ni comme une avalanche. Ou si, mais alors on vivait comme ceux qui habitent des terres où l'on sait que cela peut arriver. Là, on craint le tremblement de terre, on tente de fuir le tsunami et on construit des barricades contre l'avalanche, mais chaque fois les éléments se déchaînent, ils prennent par surprise, on n'est jamais prêts : les blessés ou les victimes sentent la surprise avant la douleur. Parce qu'on n'est jamais préparés au désastre ; ceux qui le sont l'évitent, ils s'y soustraient. Je veux dire que personne n'est prêt, par exemple, à un bombardement ; sauf celui qui peut fuir le bombardement et, dans ce cas, le bombardement n'a pas eu lieu. C'est aux autres que c'est arrivé, au lieu où l'on vivait et qui n'est plus que décombres et voisins morts. Le condamné à mort ne manquera pas non plus d'être surpris par la balle du fusil, pas même après avoir passé des heures à regarder le peloton d'exécution se former, porté, là, oui, par l'espoir qu'un tsunami déferlera sur les soldats et s'arrêtera à ses pieds, qu'un tremblement de terre ouvrira une faille et les avalera tous, qu'une avalanche les ensevelira. Mais ce genre de chose n'arrive jamais aux pelotons d'exécution et si jamais les condamnés ne sont pas attachés, ils tenteront de stopper les balles avec leurs mains, ils se couvriront le visage comme dans le tableau de Goya ou se recroquevilleront sur eux-mêmes contre le mur : je ne suis pas en train de faire des prophéties, cela fait plusieurs siècles que l'on fusille et les gens se défendent toujours de la même façon.

Car la mort est une attente impossible : la vie lui résiste jusqu'au dernier moment. Et quand elle cesse d'y résister, elle ne mérite déjà plus ce nom. Dans de telles conditions, il n'y a pas d'attente, seulement la lutte et la surprise jusqu'au bout.

Je ne saurais dire combien nous avons lutté et, puisque nous avons perdu, je ne peux m'empêcher de conclure que cela n'a pas été suffisant. Seul aurait été suffisant de nous transformer en une armée, mais une fois devenus un régiment nous aurions cessé d'être ce que nous étions : une petite et joyeuse multitude.

On a résisté. On a obtenu que Baltasar Postura tue la Bête, le leader de ceux qui auront été les premiers à nous harceler. Quand la voiture de la Bête a fini en miettes sur l'autoroute, on s'est dit que ça y était, qu'on avait gagné et qu'on pourrait continuer de vivre en paix, que plus personne ne forcerait les gamins à partir voler ni les gamines à se prostituer. Et dans un certain sens, on a eu raison : le chef de la Bête n'était plus intéressé par ce genre de business. Il ne l'avait jamais particulièrement été. Lui, ce qu'il voulait, c'était construire, il était la crête de la vague du tsunami immobilier. D'une façon ou d'une autre – il n'est pas difficile de deviner laquelle –, il a obtenu les droits sur ces terres. Ça a dû lui coûter un bras, car le conseil municipal les lui a concédés à l'unanimité. Et il a obtenu l'approbation de Postura qui, depuis que nous avions les carpes, ne pouvait plus compter sur les gamins pour renforcer ses troupes. En échange, le Chef a promis de construire un complexe de HLM dans les derniers terrains vagues de La Matanza.

À El Poso se trouvaient des gens qui y vivaient depuis plus de cinquante ans ; et cela suffit à justifier de la propriété, comme n'importe quelle famille d'*estancieros* le sait pertinemment grâce aux comptes tenus par les grands-parents et les arrière-arrière-grands-parents sur les origines de la fortune du clan. Je veux dire qu'on posait des clôtures et qu'avec les années et l'emploi de la force cela se convertissait en titre de propriété. De toute façon, il ne me paraît pas nécessaire de trop argumenter : il y avait environ cinq générations de personnes nées dans la *villa* ; les pauvres se reproduisent quand ils sont très jeunes. Les petits les plus petits du bidonville étaient la quatrième, voire la cinquième, génération d'habitants. Et puis il y avait le bassin et les carpes, aussi enclines que leurs maîtres à la reproduction malgré la promiscuité. Et puis la Vierge, encore, devenue Vierge des gueux, aussi partie prenante du bidonville que l'était son médium, ma Cleo adorée.

On a commencé à s'armer un peu plus, mais pas suffisamment ; jamais on n'aurait imaginé une telle démesure. Les vendeurs d'armes savaient, eux ; ils ont l'oreille aux aguets et lorsqu'ils ont senti du conflit dans l'air, ils ont fait leur apparition comme s'ils avaient toujours été là et poussaient dans la boue, ils nous ont même proposé des mortiers. Je ne sais pas ce qui se serait passé si on avait accepté. Le Chef a usé de son influence dans les médias et ils ont commencé à publier des articles sur les crimes commis par les gamins. C'étaient d'autres gamins qui faisaient des razzias depuis les bidonvilles voisins, mais pour l'opinion publique, une racaille est une racaille et lorsque l'information était rectifiée c'était trop tard, la sensation que nous étions des loups s'était déjà installée. J'ai commencé à parler un peu au nom de tous aux côtés de Cleo, un vote en a décidé ainsi car j'étais l'une des rares à vivre à El Poso et à posséder une certaine maîtrise de la langue.

On était plutôt bien préparés, donc, à ce que quelque chose ait lieu, et même plutôt bien armés. Mais nous n'étions pas une armée, j'insiste, cela aurait signifié cesser d'être nous-mêmes, des gens libres, joyeux. On était plutôt préparés, oui, mais jamais on n'aurait imaginé la férocité de la répression : ils nous ont balancé une armée dessus, je ne peux comparer le dispositif d'infanterie qu'ils nous ont envoyé qu'au Likoud en Palestine. Mitraillettes, bulldozers et la décision d'avancer coûte que coûte. Nous, cela nous a coûté cent quatre-vingt-trois morts. Eux, quarante-sept. Mais ils ont avancé quand même. Et nous voilà. Nous, à Miami, devenues des stars, après une période de paranoïa chez moi et de deuil sur l'île. Wan est en Chine et n'est revenu que cette année en Argentine. La Rousse et le Coq au centre de désintoxication de Laferrere. Helena à l'aquarium avec son Klein et ses dauphins bavards. Les cent quatre-vingts morts pourris ou déjà convertis en poussière dans le cimetière de Boulogne. Les autres, je ne sais pas.

XXII

QÜITY :
« JE SUIS RENTRÉE CHEZ MOI »

Je suis rentrée chez moi, je me suis retrouvée seule et de retour dans mon loft de Palermo avec sa température agréable, l'air éclatant de propreté, l'armoire à pharmacie pleine. Tout d'abord, le soulagement, les vingt minutes du comprimé devenant eau bénite sous la langue, suivies des derniers instants de calme, car c'est là, alors, qu'ils ont commencé et ne se sont plus arrêtés : les fantômes sont incontrôlables. Rien ne les calme, ni dépecer les bourreaux en guise d'offrande, ni consoler tous les enfants vivants. Je n'ai pas retrouvé le silence, pas même au milieu de mes anciennes habitudes : là, j'avais mon lit, mes draps en coton, mon oreiller de plume et, sur la table de nuit, mon revolver préféré. J'ai mis un couteau sous les plumes de l'oreiller, Daniel m'a apporté une mitraillette qui dormait à mon côté comme une fiancée, j'ai posé des grenades sur le coton des draps et encerclé le lit entier de mines que j'ai plantées dans le tapis blanc. Je me suis armée jusqu'aux dents : quand elles grinçaient, je crachais des éclairs.

Je me suis enfermée et je n'ai parlé à personne. Je n'ai fait que regarder des vidéos du massacre. Daniel a mis la main dessus : celles de la SIDE, celles des gars allemands, celles filmées par les gamins et les gamines avec leurs téléphones. Je les ai vues mille fois et j'ai douté mille fois de ce que je voyais et de ce dont je me souvenais : la mémoire est capricieuse et cela fait des décennies que les captations vidéo ne sont plus des documents. Je ne le savais pas alors, de même que je ne l'ai pas su ensuite : pourquoi ne sont-ils tout simplement pas venus nous chercher pour nous tuer et l'affaire était réglée ? Pour nous faire mentir, peut-être, pour pouvoir publier qu'une paire de putes folles délirent et racontent des conneries et disqualifier ainsi tout le témoignage, par l'absurde. Pour que leurs gens disent : « Ce n'est pas nous qui avons empoisonné un bassin en ciment plein de poissons et entouré de racailles qui pompaient toute la journée pour tirer l'eau des nappes phréatiques. Ce n'est pas nous qui avons empoisonné un bassin d'eau trouble semé de carpes colorées, moustachues et voraces. » Et finir, comme si cela se suivait logiquement, par un « Ce n'est pas nous qui avons fusillé qui que ce soit dans la *villa* ». J'avais peur. J'ai envisagé de revenir à ce qui avait été avant Jonás, avant la *villa*, avant Cleo et le p'tit Kevin, avant cette Vierge mendiante.

Mais Cleopatra a débarqué chez moi, presque blanche d'horreur, aussi muette que moi et il n'a plus été question d'un retour en arrière. Elle avait le crâne bandé et rapportait deux chiffons, des petites chaussures rouges, un pot de fleurs cassé mais contenant encore de la terre et des géraniums, et la tête de la Vierge dans un sac Coto. Elle s'est enfermée dans la cuisine. Elle avait du mal à s'habituer aux dimensions de mon appartement, cent mètres carrés pour un seul habitant lui semblaient complètement déraisonnables, et presque sans murs par-dessus le marché. « Tu ne te sentais pas seule, là-dedans, toi ? On dirait une tente gigantesque. Qu'est-ce qui s'est passé ? Avec des murs, c'était plus cher ? T'as pas eu assez pour les briques ? » m'a-t-elle demandé ensuite, lorsqu'elle a recommencé à parler. Il faut croire qu'elle, en revanche, se sentait seule. Non seulement sa foi était en crise, mais le loft et sa vue sur le ciel lui donnaient des crises d'agoraphobie : elle avait pratiquement réduit son rayon d'action à la cuisine et elle y avait entassé tout ce dont elle avait besoin, la tête de la Vierge, une radio, une télé, ses vêtements, ses perruques, des centaines de paquets de biscuits et de boîtes de pizza, sa nourriture favorite. Je me suis mise à sortir un peu. J'avais besoin d'être seule et j'étais persuadée que s'ils souhaitaient vraiment nous tuer, ce n'étaient ni le gardien de mon immeuble ni mes voisins qui les en empêcheraient, alors je sortais faire un tour, boire un café au Malba[1]. Je ne saurais dire pourquoi, mais je m'y sentais en sécurité.

Chez moi, avec Cleo, on a commencé à voir ensemble les infos sur la *villa*, y compris son enterrement, celui de Cleopatra, qui a retrouvé ce jour-là sa voix. « Quels fils de putes, Qüity. S'ils tiennent tant que ça à me voir morte, je ne comprends pas pourquoi ils ne me tuent pas une bonne fois pour toutes et basta, au lieu d'en faire une *telenovela*. C'est parce que la Vierge me protège ? » « Ne sois

1. Musée d'Art latino-américain de Buenos Aires.

pas conne, Cleopatra, la Vierge n'existe pas », lui ai-je répondu, moi qui avais aussi retrouvé temporairement ma voix. Mais elle s'est évanouie aussitôt. On n'a quasiment plus parlé de toute la journée. On s'est contentées de regarder le cortège funèbre, la veillée, les pleurs. Cleo était très émue, une vraie pleureuse, elle chialait comme une gosse, elle a pleuré comme une folle toute la journée : il y avait foule pour ses obsèques et les pompes étaient particulièrement pompeuses. Ils ont sorti de quelque part ou inventé de toutes pièces un cadavre de la taille de Cleo. Peut-être un travesti, peut-être une femme de grande taille : le visage était défiguré. « Ferveur populaire à l'enterrement de la controversée sœur Cleopatra », annonçaient les gros titres. L'office a été effectué par l'évêque de San Isidro, détail qui a profondément ému Cleo : « Regarde le père Julio, Qüity, regarde-le, tu vois que je t'avais dit qu'il n'était pas si méchant, toi t'es tellement incroyante que tu penses que parce que c'est un curé c'est forcément un fils de pute. Il est en train de nous bénir, mon p'tit et moi. » « Cleo, cette ordure nous a laissé nous faire tuer et il te baisait quand tu avais treize ans. » « Oh ! la la, Qüity, c'est pas lui qui a donné l'ordre de nous tuer et pour ce qui est de baiser, moi aussi j'avais envie. Et puis il m'a appris les choses de Dieu, à lire correctement, il m'a envoyée à ces cours du soir et il m'a payé ces nichons à mes dix-sept ans. Il m'aimait, lui, parce que baiser, de toute façon, tout le monde me baisait. Et puis tu n'as qu'à voir la Vierge, qui s'est retrouvée enceinte à quatorze ans, et l'Esprit saint il était vachement plus vieux que le père Julio, t'as vu le vioque que c'est devenu, il a une tête de grand-père maintenant. Et puis cet habit violet lui va très bien. » « Oui, Cleo, là-dessus tu as raison, c'est devenu une grand-mère sexy, ton cureton. »

Il y avait des milliers de personnes au cimetière de Boulogne. L'évêque a déclaré que l'Église ne croyait pas à la sainteté de « Carlos Guillermo Lobos, alias Cleopatra Lynch », pourtant, même si elle avait été une pécheresse, elle avait également une bonne âme et Dieu, dans son infinie miséricorde, l'accueillerait sûrement. Ce curé devait être persuadé d'être à l'image même du Créateur. Susana n'a pas manqué d'être présente, toute de noir vêtue, le visage couvert d'un voile, inaugurant des pommettes pour l'occasion ; elle a raconté le miracle que lui avait fait Cleopatra quand elle était paralysée et qu'elle était sortie en marchant de la *villa* un dimanche matin. Des miséreux en arrière-plan personne ou presque n'a parlé : on n'a jamais su si c'était la peur ou le montage. On les a seulement vus jeter des fleurs et encore des fleurs sur le cercueil et avant ça les voler ou les demander dans les jardins des maisons riches proches de la *villa* et du cimetière.

Ensuite, on a entendu parler, puis on a reçu, des images, des ex-voto avec la Vierge des gueux et Cleo, en chignon et tailleur, des poissons dans les mains. Les autels, c'est sur le Web qu'on les a vus.

XXIII

QÜITY : « C'EST DEPUIS LA DOULEUR EN DEDANS »

C'est depuis la douleur en dedans
le broken heart bien grand
qu'a surgi notre passion.
De tout cœur, elle m'a embrassée et,
sa jupe soulevée,
tout entière me l'a enfoncée.

Un après-midi, elle a fini par retrouver entièrement la voix : elle a repris son dialogue avec la mère céleste et ne s'est plus jamais tue. À peine étais-je entrée que j'ai vu le sac Coto flotter dans un courant d'air et Cleopatra agenouillée devant la tête de la Vierge qu'elle avait posée sur l'unité centrale de mon ordinateur. Cleo avait l'air contente dans son extase.

— Je savais que tu ne me laisserais pas tomber.

— ....

— C'est vrai, Sainte Marie, j'ai cru que vous nous aviez niqués. Vous nous aviez laissés seuls comme pour un suicide, seuls, et ils nous ont archiniqués à coups de fusil. Ils ont même tué le p'tit Kevin. Je sais bien qu'à vous aussi ils vous ont tué votre fils, mais je m'en bats les couilles. Le tien a ressuscité et pas le mien.

— ....

— Et tu t'en occupes bien, Vierge chérie ?

— ....

— Pardon, pardon, mais je ne peux pas arrêter de pleurer, il est sûrement mieux avec toi, mais il me manque.

— ....

— Tu lui donnes ceux qui lui plaisent ?

— …

— Et qu'est-ce qu'il porte, là-haut dans le ciel ?

— ....

— Oui, ma bonne mère, embrasse-moi, pardonne-moi d'avoir douté de toi, embrasse-moi car je veux prier dans tes bras.

— ....

— Oui, comme ça, s'il te plaît, le Seigneur est avec vous, Marie, pleine de grâce…

Je suis devenue furieuse : je lui ai flanqué une gifle qui l'a envoyée sur le tapis et l'a ramenée sur terre. « Salope, lui ai-je crié, espèce de tarée décérébrée, qu'est-ce que tu fous à prier, t'arrives encore à croire à ces conneries et à prier ton morceau de ciment de merde ? » Elle s'est levée et m'a regardée fixement depuis son mètre quatre-vingt-dix : « Qüity, mon amour, viens par ici », m'a-t-elle dit avant de me soulever en l'air, de m'emmener jusqu'au lit, de m'asseoir sur ses genoux et de m'embrasser. Elle a mis de la musique, du Gilda[1], voilà ce qu'elle a mis, très fort. Elle m'a bercée, la tête entre ses deux énormes seins. Quelque chose s'est brisé en moi, s'est ouvert comme s'ouvre la terre quand ses plaques bougent, s'est rompu, s'est fendu comme se fendent les murs d'une digue sous la pression de l'eau, s'est cassé, est tombé en miettes comme une vitre traversée par une pierre, s'est effondré comme un bâtiment bombardé et s'est fendillé comme lorsqu'un poussin sort de son œuf. J'ai hurlé, un cri inarticulé, primaire, un craquement en moi. Cleo m'a caressé la tête, ma chérie a d'énormes paluches, elle m'a soulevée avec une seule des deux et m'a dit : « Si tu veux pleurer, pleure. » Elle s'est mise à me couvrir de baisers tandis que je partais en eaux, j'ai eu l'impression de me défaire, de me liquéfier, qu'en continuant comme ça il ne resterait de moi qu'un petit tas de poussière. Je pleurais comme Kevin n'avait pas pu le faire à cause du tir qui l'avait asséché. Asséchée, c'est ce que moi j'ai cru devenir à force de tant pleurer. On avait l'air d'une pietà, Cleo et moi, ce jour-là : elle, la mère, moi, le fils ; elle qui me faisait des baisers et me caressait et moi qui me suis mise à lui en faire, à lui baiser les seins en la mouillant de mes

1. Chanteuse argentine de cumbia, morte prématurément dans un accident de bus en 1996 à trente-cinq ans. Elle fait l'objet d'un véritable culte, on lui attribue des miracles, et un sanctuaire en son honneur a été édifié sur les lieux de l'accident qui lui a coûté la vie.

pleurs, ça m'a excitée, j'ai voulu la teub de Cleo comme jamais je n'en avais voulu une auparavant, c'est du moins ce qu'il m'a semblé, et il faut croire qu'elle a voulu me la donner car elle a rompu cette pietà hétérodoxe que l'on formait, elle m'a accommodée les jambes écartées sur sa jupe qu'elle a à peine soulevée et m'est entrée dans la chatte avec son putain de braquemart qui m'a semblé taillé sur mesure pour moi, alors je me suis laissé baiser et je l'ai baisée et elle pleurait aussi et voilà ce que nous étions. Deux animaux désespérés qui se frottaient, se barbouillaient, pleuraient, s'embrassaient et sentaient leurs cœurs battre comme qui s'accroche à la vie.

« C'est un miracle », a déclaré Cleopatra lorsqu'on a eu terminé, puis elle est partie en courant faire un baiser à la Vierge « qui est contente, elle bénit notre amour et dit que j'ai atteint l'âge de former une famille », mon amante a ri et tenté une interprétation : « Tu vois bien, mon amour, que Dieu existe. C'est comme si, hier, j'étais morte un peu quand on m'a enterrée et que je sois ressuscitée, différente. Lesbienne, voilà, c'est comme ça que je suis ressuscitée. »

La joie, en ce qui me concerne, a été de courte durée et je me suis mise à pleurer de nouveau. Cleo m'a encore embrassée, elle a de nouveau fait de moi une petite boule contenue par son corps et m'a raconté ce qui s'était passé avec la Vierge : « Je l'ai sortie du sac pour l'insulter. Parce qu'elle était peut-être une sainte, mais elle avait eu un comportement de merde, et je le lui ai dit. Comment avait-elle pu ne pas nous prévenir, ne pas faire de miracle pour nous sauver, ne serait-ce qu'envoyer quelques petits anges pour tirer Kevin de là. Elle a dit qu'elle n'en a rien su jusqu'au dernier moment, que le Seigneur ne la consulte pas et ne lui dit jamais rien de ses voies mystérieuses, qui le sont également pour elle. Mais il ne perd rien pour attendre, le Saint-Esprit, cette colombe de merde, qu'elle a dit, inutile de se déguiser en cygne ou en dragon, il lui faudra aller jusqu'en enfer en chercher une prête à l'écouter, parce que, elle, la Vierge, elle ne veut plus en entendre parler pour quelques siècles. Elle m'a laissée voir Kevin, tu sais ? Il était magnifique, tout habillé de blanc avec une chemise et un petit pantalon en lin sur une plage dont le sable aussi était blanc. Les anges jouaient avec lui : ils se mettaient en formation dans le ciel telle une escouade de jeux vidéo, Kevin faisait comme s'il leur tirait dessus avec sa petite main, les anges tombaient comme s'ils étaient morts, ils touchaient presque le sol, le gamin riait et riait, pour chaque ange tombé il gagnait un point et quand il arrivait à cent, il gagnait le prix : une boîte Happy Meal avec un hamburger divin et des jouets de super-héros un peu bizarres, c'étaient des saints, l'un par exemple c'était saint Georges, un autre Gilda, un autre encore Jean-Paul II ; Kevin les assemble et ils lui servent du Coca-Cola et lui caressent les cheveux. La Vierge l'a adopté, bon, pas adopté parce qu'elle était déjà la mère de Kevin, c'est la mère de tout le monde, tu sais ? Et il a un paquet de copains, il y avait la Yamilita par exemple, heureuse parce qu'au ciel il n'y a pas de feux rouges et qu'il ne fait pas froid, alors elle passe son temps à jouer comme ça lui chante au lieu de passer sa journée à surveiller le feu rouge pour aller mendier parmi les voitures, et la Vierge aussi joue avec eux, Gilda leur chante des chansons et Dieu répond à tous les “pourquoi” qui leur passent par la tête et il les laisse manger toutes les frites et les *alfajores* du paradis et l’âme de Walt Disney, qui n’est pas congelée contrairement à son corps, leur fait des films et doña Petrona[1] leur prépare des pancakes à la confiture de lait. Kevin est très heureux car il semble que Dieu lui réponde mieux qu’on ne lui répondait nous, parce qu’après tout on ne sait pas très bien comment sont les choses, non ? » Cleo me caressait tandis qu’elle racontait le paradis de Kevin et moi je la caressais, ce qui a eu pour effet de provoquer une nouvelle érection, « encore un miracle, merci, Vierge adorée », a-t-elle dit et on a recommencé à baiser.

1. Petrona Carrizo de Gandulfo (1896-1992), alias doña Petrona, a animé de nombreux programmes télévisuels et radiophoniques sur la cuisine. Elle est également l’autrice d’un livre de recettes, qui est un record de vente en Argentine.

XXIV

QÜITY : « J'AI AIMÉ SANS REGRETS... »

« J'ai aimé sans regrets[1]... » J'ai été réveillée par la voix de Cleopatra et son aura matinale, l'odeur des tartines grillées. C'était le lendemain de notre première nuit d'amour. Parmi les rayons de soleil qui entraient par mes fenêtres, elle est apparue déguisée en Gilda, avec une perruque noire et une petite robe rouge semblables à celles que cette sainte portait sur les petites estampes religieuses la représentant. Elle dansait et riait. Elle a terminé par « Aimer est un miracle et moi je t'ai aimé », a posé le plateau sur le lit et s'est mise à servir le maté. « Bonjour, Qüity, mon amour », m'a-t-elle souhaité. Elle n'avait jamais trop pensé avant au lesbianisme, mais elle m'adorait et on allait être heureuses pour toujours, a-t-elle poursuivi, la bouche pleine de pain grillé. Je lui ai dit que oui, pour toujours et que ma panique s'était un peu calmée : à ce moment-là, j'avais simplement peur et envie de continuer à baiser. Et la joie, une joie qui m'a envahie ce matin-là ; c'est guidées par cette joie-là qu'on a établi notre projet de fuite. Le mail de Dani que

1. *No me arrepiento de este amor*, chanson de Gilda.

j'attendais est finalement arrivé. J'ai compris que l'heure de partir était venue. Lui et moi, on avait fait quelques traversées du delta ensemble. Les kayaks étaient toujours gardés au même endroit et l'horaire était celui de toujours, le même qu'au début de notre amitié, lorsqu'on soudoyait les gardiens pour qu'ils nous ouvrent à dix heures du soir. Il fallait qu'on parte avant que les autres ne se souviennent de finir de nous réduire en bouillie et on ne pouvait pas le faire en avion, en train ou en autocar. Impossible de partir d'une gare s'ils nous recherchaient.

Je crois qu'en réalité ils ne nous cherchaient pas, la preuve, nous étions tranquillement installées chez moi. Le pouvoir peut aussi se révéler miséricordieux si l'envie lui en prend. Mais nous devions sortir du pays et j'ai su qu'une traversée était prévue jusqu'à Nueva Palmira en Uruguay. Fourrée dans le kayak avec casquette, lunettes de soleil, jupe de Néoprène, équipement sportif et nouvelle coupe de cheveux, Cleo passerait plus inaperçue. Et puis les forces de sécurité ont tendance à être plus indulgentes avec les sportifs. Sans doute pensent-elles, comme Cleopatra, « *mens sano in corporus sanus* ».

Comme j'étais incapable d'arrêter de pleurer, Cleo a essayé de me consoler en me racontant le paradis de Jonás : « Il est sur une belle plage, pleine à craquer de palmiers et de belles blondes. Sur le côté, il y a un chemin où passent des voitures décapotables, conduites par des blondes avec des lunettes noires et des foulards que le vent fait voleter. Elles ressemblent toutes à Marilyn, à Susana et à Evita, elles sont divines. Il étudie avec les meilleurs, il construit des voitures volantes avec Ferrari et Ecclestone. La physique des étoiles, voilà ce qu'il apprend la nuit, il est devenu ami de Hawking, qui danse de joie, maintenant : il a un corps qui fonctionne et sa vie est une succession de fêtes. Ils écoutent l'intense musique des chœurs célestes. Les saints et les anges chantent des cumbias à Jonás, ils le réveillent avec celle qu'il aimait quand il était tout petit – tu le connaissais déjà, non ? –, *Laura, se te ve la tanga*[1], ils la lui chantent le matin, il rit et ses petits yeux se plissent comme quand il était gosse. »

On a retrouvé Dani face au fleuve Luján, à dix heures du soir, devant la porte de l'endroit où étaient gardés nos kayaks. On avait réservé une table et mangé des pâtes bolognaise au Fondeadero. On a ramé sur divers affluents, le Sarmiento, le San Antonio, le Dorado et l'Arroyón. C'était une nuit de pleine lune et on a parlé dans l'éclat bleuté de l'eau, dans le silence, dans cet espace presque sacré compris entre les arbres et le fleuve. Dani ne viendrait pas avec nous. C'était un adieu. On a bu deux bouteilles d'un vin que Dani gardait depuis cinq ans pour une occasion spéciale. Et nous, on est restées sur l'île.

1. Littéralement : « Laura, on voit ton string » – chanson du groupe Damas Gratis.

XXV

QÜITY : « CELUI QUI A UN PARADIS »

Celui qui a un paradis, qu'il l'entretienne et qu'il le cache : tant de visites, tant de photos, tant d'articles et tant de documentaires ont fini par nous projeter sur tant d'écrans que notre façon d'être dans le monde de la *villa* a changé, nous qui avions toujours opté pour une prudente discrétion. Une discrétion concertée entre tous : ceux de dehors faisaient comme s'il n'y avait rien derrière les murs, tout au plus organisaient-ils de temps à autre un dîner de bienfaisance ou venaient-ils prendre des photos ou offrir de vieilles affaires. Et ceux de dedans ont toujours su que la notoriété ne pouvait qu'être synonyme de problèmes : la presse ne s'occupait d'eux qu'en cas d'évacuations, de vols, parfois lors d'un assassinat ou de temps en temps pour un tube de cumbia. Rien d'autre.

Cela s'était-il passé comme ça ? Le Chef voyageait dans son hélicoptère et un reportage sur nous aura coïncidé sur son écran avec l'image de la *villa* à ses pieds ? Des années plus tard, aux pieds de Daniel, il dirait un truc dans le genre : il rentrait chez lui, il a vu la *villa* d'en haut, il a vu les maisonnettes avec leurs toits fleuris couverts de géraniums, la promiscuité, il a vu les Vierges et les saints, il a vu la proximité avec les résidences de ses amis et il s'est dit que les gens de la *villa* ne méritaient pas de vivre aussi bien, que ses amis ne méritaient pas une telle contiguïté et que ces terrains méritaient qu'on en tire une bonne plus-value et il a voulu être la crête de la vague immobilière. Pour nous, ç'a été un tsunami. Pour eux, les plus forts, leur désir est de l'ordre du naturel, il a le même poids que la loi de la gravitation : s'était-il vu lui-même comme un ouragan faisant voler toutes les tôles du bidonville ? Comme une avalanche se nourrissant de son propre élan et de tout ce qu'elle emportait au passage ? S'était-il vu comme une armée ? Ou comme la loi de la sélection naturelle, dégageant les plus faibles pour faire de la place aux résidences des meilleurs ? On ne le saura jamais.

Je crois qu'arrivé à ce niveau, ce qu'un type sent, c'est que sa richesse développe une force, une sorte d'inertie qui l'oblige à l'alimenter et à la faire croître et croître encore. Dani lui a demandé et moi aussi je lui ai demandé mais il n'a pas su, n'a pas voulu ou n'a pas pu répondre. Alors, bien sûr, quand il s'est retrouvé dans une situation qui l'obligeait à écouter des questions, le type n'était plus le même : il était attaché à une chaise, se chiant et se pissant littéralement dessus, son désir n'était plus une loi de la nature et à ce niveau du jeu n'était d'ailleurs même plus un désir, ce fils de pute n'avait plus que l'instinct de survie, il suppliait et suppliait tel un roi déchu : aussi misérable que le premier péquin venu, à peine un peu plus enclin à la colère. Je ne sais pas pourquoi Daniel a tant tardé à le tuer, il m'a juré que ce n'était pas par sadisme. Il attendait qu'il lui dise quelque chose, qu'il explique pourquoi. Pourquoi tu les as tués, pauvre merde ? Il avait ordonné que l'on dégage la zone, a-t-il dit, que si jamais quelqu'un pensait qu'on aurait pu la dégager sans tuer personne, que si Daniel pouvait dégager des zones sans faire de victimes, qu'il vienne travailler pour lui. Qu'il s'était arrangé avec le gouvernement pour construire des HLM, qu'il n'était pas un fils de pute. Que tout ça avait été une guerre, expliquait-il, personne ne rend sa terre sans résistance. Et puis, a-t-il ajouté, « ce n'était pas l'ordre que j'avais donné, de tirer sur un gosse, je n'avais pas demandé ça, j'avais demandé qu'on dégage la zone. Moi, ce que je fais, c'est penser des affaires : je ne m'occupe pas personnellement de tenir les livres de comptes, de mettre à jour les ordinateurs, d'acheter les voitures ou de nettoyer les zones de la meilleure façon possible pour faire avancer les affaires. Je suis la tête pensante, je pense les affaires, je négocie avec les autres têtes pensantes : je suis une partie importante de mon entreprise, mais je ne suis pas toute l'entreprise, j'ordonne de dégager, pas de tuer. Je ne suis pas un assassin, je suis un homme d'affaires », disait le Chef, l'ex-Chef, l'ex-homme d'affaires, ex-homme ou presque à ce moment-là.

Moi non plus je ne pouvais rien faire d'autre. Oui, j'ai vu Daniel qui le tuait : il me l'a transmis sur le téléphone. Moi aussi j'ai parlé avec le Chef, il fallait que je sache. Lorsque j'ai su que Dani le séquestrait, ça faisait déjà deux jours qu'il le tenait bâillonné et attaché à une chaise dans une cabane immonde : il n'y avait plus de retour en arrière possible. Vraiment, Cleo, je voulais comprendre : je savais qu'il nous avait tués pour faire des affaires, mais je refusais de croire que Kevin était mort pour ça. Parce que, quelque part, moi aussi je devais croire un peu en quelque chose, croire que dans la vie il y avait quelque chose de l'ordre du sacré, c'était ça que je croyais, et augmenter un peu plus une fortune qui ne pourrait être dépensée qu'au bout de deux ou trois générations de Paris Hilton ne me semblait pas un motif suffisant.

J'ai quand même compris quelque chose : rien n'est sacré et augmenter un peu une fortune justifie n'importe quoi ; ce n'est pas une question de fortune, c'est une question de force. Voilà ce que j'ai compris. Moi, je m'en fichais de le tuer. Je ne l'ai pas cherché, ni trouvé, et je ne lui ai pas tiré dessus. À ce moment-là, quand Dani m'a appelée, qu'il me l'a montré et que j'ai participé à l'interrogatoire en visioconférence, j'ai cru que l'important était qu'il sache que nous savions : qu'à la force on ne peut qu'opposer la force. Et qu'éviter la vengeance, c'est se condamner à souffrir davantage de violence. Daniel a fait ce qu'il avait toujours voulu faire : être, pour une fois, le bras armé du bien. Il n'est pas complètement fou, il savait que personne ne serait trop inquiet. Le gouvernement en avait marre des pressions du Chef, ses entreprises étaient au nom de tiers et les tiers en question étaient également atterrés par le pouvoir du maître, alors nos Cubains leur ont tout racheté à des prix plus ou moins raisonnables et là où il y avait auparavant un milliardaire, il y a eu plusieurs millionnaires et un multimilliardaire. C'est pour ça que Daniel a pu le tuer. Il lui a mis une balle dans la tête, mon amour, j'ai tout vu sur l'écran, et il ne s'est rien passé : le Chef s'est éteint comme une machine. Daniel a continué de vivre avec la même amertume de toujours, mais un peu plus tranquillement. Moi, je me suis déconnectée et suis retournée à tes bras, à notre lit, à notre vie blindée par les billets que nous a donnés la cumbia, par ta célébrité. D'accord, Cleo, d'accord, si tu le dis, par la Vierge aussi. Qui aurait pu protéger la *villa*, tant qu'à faire, non ? Puisqu'elle est à ce point des nôtres comme tu l'affirmes. Oh ! la la, mon amour, ne recommençons pas. La Vierge n'existe pas, Cleo. Non, je ne sais pas avec qui bordel tu peux bien parler, ma Jeanne d'Arc des bidonvilles, ma pacifiste, ma danseuse. Tais-toi un peu, veux-tu, et déshabille-moi. Oui, ma vie, comme ça.

ÉPILOGUE

Lorsque j'ai pensé que ce livre était prêt pour l'impression, j'en ai laissé une copie à Cleo afin qu'elle le lise et donne son accord, puisqu'elle exigeait qu'il en soit ainsi. Si je n'y ai pas inclus quelques chapitres consacrés au succès de l'opéra cumbia *La Vierge des gueux*, c'est parce qu'il s'agit de quelque chose de connu de tous ; il passe à la télé, on en parle dans les revues, dans les journaux, il a des milliers de sites de fans sur Internet, il a fait l'objet de polémiques entre Cleo et le pape… Pourquoi l'aurais-je raconté de nouveau ? Ces jours-ci, j'ai décidé que je me consacrerai dorénavant à la fiction : impossible d'écrire sa propre biographie avec une épouse qui se considère comme coautrice, sauf si elle aussi est écrivaine. Cleo m'a demandé quelques jours pour tout bien lire. En guise de réponse, j'ai trouvé le message suivant. Elle m'y appelle par mon vrai nom, ce qui m'a permis de comprendre à quel point elle était sérieuse :

Non, Catalina chérie, ça ne s'arrête pas là. Ça s'arrête que dalle : des temps de cataclysmes et de catastrophes approchent et il y aura des El Poso dans le monde entier, alors tu vois, ça ne s'arrête pas, c'est pas toi qui le décides. Et puis une histoire de la Vierge Marie ne peut pas s'achever sur un assassinat et une scène de baise. Je ne te le permets pas.

Je sais bien que tu es persuadée que c'est ton livre, alors tu y mets tout ce qui te passe par la tête et du coup ça se termine là où madame le décide, mais tu te trompes : c'est aussi mon livre et c'est surtout le livre de la Vierge. J'entends déjà ce que tu me dirais si tu étais là : que tu n'es pas du genre à jouer les évangélistes et que si moi et la Sainte Mère on veut un livre, on n'a qu'à l'écrire nous-mêmes. Pourtant, mon amour, tout l'argent que tu as maintenant, c'est grâce aux évangélistes et à la Sainte, pareil que moi. Et écrire c'est à toi de le faire, c'est la part qui te revient dans cette histoire.

Même s'il y a beaucoup de choses que tu racontes mal et d'autres que tu ne racontes pas. Et maintenant, je ne vais pas avoir le temps de les mettre dans le livre, moi. Pourquoi tu n'as pas écrit le chapitre sur l'opéra cumbia ? C'est si grave d'écrire que chaque fois que je chante cinquante mille personnes chantent avec moi ? Et que cinq cent mille gringos sont devenus maristes depuis la première de notre cumbia ? Et de raconter qu'en Floride il y a davantage d'ex-voto de la Vierge des gueux que de drapeaux américains ? Ça non plus, ce n'est pas nous, Qüity : la célébrité et le fric viennent de la Vierge, par la Vierge et pour la Vierge et il est plus que temps de les lui rendre. Fais bien gaffe de mettre ça exactement comme je te le dis, ma chérie, sinon on va avoir pas mal de problèmes. Encore plus de problèmes que ceux qu'on va avoir quand tu auras écouté ça.

Ce n'est sûrement pas ce qui te préoccupe le plus, mais ma célébrité je vais la rembourser à Sainte Marie en prêchant dans les Caraïbes : je dois d'abord aller à Cuba, Qüity. Fidel a l'air éternel, mais il ne l'est pas et même la Vierge ne sait pas s'il va aller au ciel ou en enfer. Que l'île, en revanche, parte en couille, tout le monde le sait, même les enfants chinois. Et ils vont avoir besoin de la lumière de Dieu et de la Sainte Vierge et moi je vais la leur amener parce qu'Elle me l'a ordonné.

En écoutant ce que je vais te dire maintenant, tu seras un peu plus préoccupée : je vais devoir te laisser Cleopatrita. La Vierge dit que des temps de cataclysmes et de catastrophes approchent et qu'« il vaut mieux que la petite ne quitte pas son foyer ». Parce que des catastrophes, il n'y en aura pas qu'à Cuba, mon amour, il y en aura partout. Oui, Qüity, il y a la crise économique et, oui, il y a la faim. Mais ce qui se prépare est encore pire : d'abord, l'électricité va être coupée. Et les téléphones portables ne fonctionneront plus, tout comme les ordinateurs, Internet, et les moteurs qui font monter l'eau dans les immeubles, plus rien ne fonctionnera. La guerre contre l'islam va nous priver d'essence et les voitures abandonnées vont nous bloquer les routes. Il n'y aura ni centres commerciaux, ni télévisions, ni d'autres moyens de communication que la CB, dont tu vas devoir apprendre maintenant à te servir, mon amour. Il n'y aura pas d'autres remèdes. Pas non plus de nourriture surgelée. Je ne sais pas si tu comprends le désastre que je suis en train de te raconter.

Ici, à la maison, il y a un groupe électrogène, des provisions, du combustible, des armes et de la nourriture en boîte, de quoi tenir cinq ans. Tu le sais mieux que moi, c'est toi qui l'as construit ce bunker. Moi j'ai ajouté les poules et le potager et Helenita a construit un nouveau bassin au milieu de tout ça, parce que se contenter de boîtes, ce n'est pas une alimentation très saine, et Cleopatrita doit grandir en bonne santé. Toi, tu croyais que c'était une crise de nostalgie, une façon que j'avais d'être fidèle à mes origines ou un truc du genre, c'est ce que tu as dit. Mais tu t'es trompée : il n'est pas question de nostalgie, si j'ai fait élever ses murs très hauts et les ai couronnés d'une Vierge, d'une statue de saint Georges et de millions de morceaux de verre brisé bien pointus, c'est parce qu'une catastrophe approche et que je ne peux pas vous laisser seules et désarmées. Et je dois vous laisser pour un temps. Et toi, tu dois rester là, à surveiller Cleopatrita, à surveiller Helena, son Klein et le p'tit Klein-Klein qui va bientôt naître. Car notre maison sera sauvée, Qüity, ce qui ne veut pas dire qu'il n'y aura pas de bataille.

La moitié du monde sera en guerre, Catalina, écoute-moi bien. Et tous ceux qui vivent et ceux qui meurent auront besoin de consolation pendant les années qui viennent : ceux qui devront traîner les cercueils dans les cimetières, ce seront les vieux, Qüity. Et ils devront les tirer avec des cordes, car je t'ai déjà dit qu'il n'y aura même plus d'essence. Les parents devront enterrer leurs enfants, les oncles leurs neveux, et les grands-parents leurs petits-enfants : tout à l'envers, les morts finiront empilés n'importe où car les vieux n'auront plus de force.

Et ils mourront aussi et je ne sais pas qui, bordel, pourra les enterrer. Pour tous ceux qui souffrent, les vieux, les jeunes, ceux d'âge moyen, j'ai construit une cathédrale dédiée à la Vierge des gueux : celui qui veut pleurer et viendra pleurer au pied de cet autel sera consolé par la mère de Dieu elle-même, car elle console mieux que personne. C'est pour ça qu'on a gagné tout ce blé avec la cumbia : pour donner à la Vierge l'église qu'elle mérite. C'était pour lui faire une cathédrale.

Et, oui, tu vas t'énerver, c'est pour ça que je ne te l'ai pas raconté plus tôt, mais la vérité c'est que j'ai fait à la Vierge des gueux la cathédrale qu'elle méritait. Le design, c'était un peu aussi une idée à toi : j'y ai pensé quand tu m'as offert la Rolex Pearlmaster en or dix-huit carats avec couvercle en nacre serti de diamants ; j'ai dû la vendre pour pouvoir faire l'autel de la Sainte Mère. La Vierge voulait sa cathédrale, mais une cathédrale nomade, qui puisse m'accompagner où que j'aille, m'a-t-elle ordonné. Pendant la tournée européenne de l'année dernière, quand tu as décidé de rester pour écrire parce que, as-tu dit, voyager t'ennuyait, moi je suis allée au siège de Rolex en Suisse et j'ai conçu avec eux un monument mobile en l'honneur de la Vierge. L'idée les a enchantés, chérie, ils ont aimé mon design, alors que ce sont tous des protestants et des juifs qui s'en tamponnent de la Vierge, comme si elle n'existait pas.

Ce sont les joailliers du « luxe éternel », Qüity, c'est ce qui est écrit à côté de Rolex, alors c'était évident que je devais la faire avec eux. Pour la chevelure, on lui a mis seize mille trois cent cinquante et un fils d'or blanc de vingt-deux carats ;

pas parce qu'ils étaient parpaillots, mais s'il n'y en a pas vingt-quatre, c'est parce qu'il a fallu y mettre du palladium et de l'argent pour que cela soit plus clair et même ainsi les fils ne brillent pas comme brillent ses cheveux à elle, dont la chevelure est blonde tel un feu qui nous brûle, telle une déesse viking, je ne sais pas comment te l'expliquer : elle suinte la lumière.

Je lui ai mis des dents, aussi ; les meilleures dents que tu puisses imaginer, ma vie, des diamants blanc bleuté, j'en ai utilisé soixante-quatre : le sourire de Sainte Marie irradie de lumière comme une soucoupe volante, la brise d'été, un propulseur de nanomachines, ou comme si on t'annonçait ta guérison alors que tu es en phase terminale. Et j'ai posé des rubis sur les très fines lèvres qui lui servent à consoler, cinquante-cinq rubis. J'ai fait ses yeux, aussi, je ne t'ai jamais parlé des yeux de la Vierge ? Ils sont bleus, mais bleus comme la Méditerranée en Sicile, bleus comme les deux saphirs géants que j'ai fait apporter du Sri Lanka pour Elle, Qüity. Les anciens, que tu aimes tant, croyaient cette pierre dotée du pouvoir de la sagesse. Ils croyaient que quand tu te retrouvais fourrée dans un pétrin pas possible et que tu ne savais pas quoi faire pour t'en sortir, la pierre te venait en aide, ma chérie. C'est comme ça qu'ils sont, les yeux de la Vierge : bleus comme la sagesse.

La seule chose que je n'ai pas faite avec les types de Rolex, c'est la peau : je l'ai faite avec Ivo Pitanguy, qui n'est pas tout à fait Dieu mais y ressemble. Attends de voir la peau de la Vierge et tu m'en diras des nouvelles. On l'a faite avec des couches de chitosane, c'est ce qu'ils utilisent à l'hôpital pour les grands brûlés ; c'est une sorte de miracle de la médecine, Qüity. Quand tu verras le visage de la Vierge, tu comprendras, elle a la peau d'une adolescente sans acné.

Tout le reste, je l'ai fait avec les joailliers. Quoi d'autre ? te demanderas-tu. Qüity, je ne pouvais quand même pas faire un joyau pareil et le laisser sans protection. Elle est dans une caisse en verre très transparente et plus impénétrable que ton bunker, chérie : je l'ai achetée en Colombie, t'as vu que là-bas les riches vivent en se faisant truffer de plomb, je sais bien que les pauvres aussi, mais les riches se font davantage truffer de plomb qu'ailleurs alors ils se sont inventé des verres impressionnants : ce sont des sortes de couches, de nombreuses couches, par exemple celle qui fait un centimètre d'épaisseur peut résister à une balle de neuf millimètres tirée à une distance de 4,57 mètres et à une vitesse de trois cent quatre-vingt-quatorze mètres par seconde ; elle peut supporter trois impacts. Ce verre-ci a trente centimètres d'épaisseur, mon amour, fais le calcul : ils auront intérêt à nous truffer et truffer encore de plomb avant que ce verre-là ne se fendille. En plus, elle est électrifiée. Elle ne cesse de l'être que quand c'est moi qui la touche avec mes empreintes digitales, si celles-ci sont à une température comprise entre trente-six et trente-huit degrés, mon cœur : je ne peux l'ouvrir ni morte ni fiévreuse. Et elle filme, Qüity, c'est comme une boîte noire avec des images, elle enregistre tout ce qui se passe autour dans un rayon de trois cent quarante-trois mètres avec une définition de sept mégapixels. Et elle a des mini-haut-parleurs dernier cri, AMP 4 x 120, la puissance des colonnes de sono utilisées dans les *stades. L'ordinateur qu'on lui a mis dedans est programmé en boucle, il diffuse de la musique sainte toute la journée, comme la cumbia, l'*Ave Maria *et d'autres chansons de la Vierge. Il récite aussi le rosaire, Qüity. Il comprend les ordres que je lui donne et alors il se met à chanter, à passer de la musique, à prier ou à ne rien faire.*

Il a son propre générateur d'énergie, je le lui ai fait avec une dynamo et un système de pédales semblable à une bicyclette. Je dois pédaler dix Je vous salue Marie *par jour, qui est le nombre de prières minimum en période de crise. Et comme ça j'en profite pour faire de la gymnastique, mon amour. Quand je reviendrai, je serai plus splendide que jamais.*

Je te laisse cette radio qui est synchronisée avec la mienne. Et ne t'inquiète pas, pour l'instant les avions fonctionnent et en prévision du moment où ils cesseront de le faire, j'ai déjà pris contact avec un groupe de passeurs qui me feront retraverser jusqu'à Miami. Lorsque le moment sera venu pour moi d'être de nouveau avec toi, mon amour, et avec notre fille. Entre-temps, je ne sais pas combien cela va durer, mais la Vierge m'a dit que ça ne devrait pas être trop long, j'enregistrerai un journal en racontant tout ce qui m'arrivera. Car il est écrit que tout ça doit être écrit et c'est toi, mon amour, qui devras l'écrire.

Je pars pour Cuba la chercher. Je ne sais pas si j'ai le cœur brisé ou si j'ai une grenade à l'endroit où se trouvait auparavant mon cœur. J'ignore également si c'est à un divorce ou à l'apocalypse auxquels je m'apprête à faire face. Je ne comprends pas ce qui s'est passé ; si ça se trouve, les origines ne s'abandonnent pas si facilement et, dans la culture d'origine de Cleo, se barrer avec tout le fric et me laisser avec la gamine à la maison, c'est quelque chose que n'importe quel mec peut faire sans que son honneur et sa réputation en souffrent. Mais je ne crois pas, Cleo n'est pas un mec à strictement parler, elle aime sa fille et croit vraiment en sa Vierge. Alors, ça doit être vrai qu'elle a transformé ce pauvre morceau de ciment en une horreur extravagante et hors de prix et qu'elle est à La Havane pour essayer d'organiser je ne sais quel méga-récital pour convertir les insulaires à la foi en la Vierge des gueux. Si je n'étais pas furieuse comme je le suis, le processus de réécriture de la cumbia en texte digne de la révolution me semblerait passionnant. Mais sur nos comptes bancaires il ne reste qu'à peine trois cent mille dollars. Et on en avait plus de dix millions. Et mon aimée est partie sans prévenir. Elle a fui avec tout le fric et m'a laissé la petite, comme si j'étais, je sais pas, sa boniche ! Naturellement, je lui ai envoyé une réponse :

Carlos Guillermo Cleopatra, tu as raison, ça ne s'arrête pas là. Je vais venir te chercher, on va vendre tous les métaux et pierres précieuses que tu as mis sur ta cathédrale et tu vas continuer d'adresser tes prières à ce morceau de ciment que tu as sauvé du bidonville, puisque ça ne s'est pas si mal passé pour toi jusqu'ici. Sans or et sans diamants, ta Vierge n'en était pas moins efficace pour autant. Avec ce qu'on récupérera, je te paierai un traitement psychiatrique. Et si tu n'acceptes pas, je te ferai un procès pour vol. Et je demanderai ton extradition. Et tu rentreras en avion avec les mains menottées et ça, pas même Fidel, vivant ou mort, pas même tous tes fan-clubs réunis ne pourront l'empêcher. On se retrouve à La Havane, mon amour.

MIXTE
Papier issu de
sources responsables
FSC® C003309
FSC
www.fsc.org

10/18, une marque d'Univers Poche,
est un éditeur qui s'engage pour
la préservation de l'environnement
et qui utilise du papier fabriqué à partir
de bois provenant de forêts gérées
de manière responsable.

10/18 – 92 avenue de France, 75013 PARIS

Imprimé en France par CPI

N° d'impression : 3043648
X07901/01